재조일본인이 본
결혼과 사회의 경계 속 여성들

재조일본인이 본
결혼과 사회의 경계 속 여성들

초판 인쇄 2016년 6월 17일
초판 발행 2016년 6월 24일

편역자 양지영
펴낸이 이대현
편 집 권분옥
펴낸곳 도서출판 역락
주 소 서울시 서초구 동광로 46길 6-6 문창빌딩 2층
전 화 02-3409-2060(편집부), 2058(영업부)
팩 스 02-3409-2059
등 록 1999년 4월 19일 제303-2002-000014호
이메일 youkrack@hanmail.net

정 가 15,000원
ISBN 979-11-5686-338-0 03830

이 저서는 2007년 정부(교육과학기술부)의 재원으로 한국연구재단의 지원을 받아
수행된 연구임(NRF-2007-362-A00019).

재조일본인이 본 결혼과
사회의 경계 속 여성들

양지영 편역]

역락

역자 서문

　작년 2015년에 『전쟁은 여자의 얼굴을 하지 않았다』가 노벨문학상을 수상했다. 1940년대 러시아 연방군과 독일군의 전쟁을 배경으로 한 이 책은 전쟁에 참전해서 살아남은 여성들을 인터뷰하여 리얼하게 기록한 내용이다. 일반적으로 전쟁은 남성의 세계로 인식되었고, 여성들은 그 폭력의 세계 뒤편에서 보호받아야 할 존재로 생각되어왔다. 그래서 전쟁은 남성의 전유물이었고 남성의 이야기였다. 하지만 전쟁은 보통 사람들의 일상을 파괴했고, 여성과는 무관할 것 같던 전쟁은 아무런 예고도 없이 여자들의 일상의 문턱을 넘어 들어왔다. 그리고 여자들도 전쟁 속에서 살아가야 했다. 저자 스베틀라나 알렉시예비치는 이 책을 통해 전쟁이라는 폭력의 뒤편에서 보호받는 여자가 아닌 그 폭력과 맞서 싸운 여자들의 목소리를 생생하게 담아내고 있다. 이 책을 통해 전쟁이 끝난 후 역사의 뒤안길에서 숨죽이며 지내던 여성들이 자신들의 목소리를 낸 것이다.

　그렇다면 긴 시간동안 식민지와 전쟁이라는 거대한 폭력 속에 놓여 있던 조선 그리고 일본의 여성들은 그 시대를 어떻게 살아내고 있었을까? 지금까지 식민지기 여성에 관한 연구는 젠더, 교육, 모던걸, 신여성, 직업여성, 그리고 최근에는 여성의 전쟁경험까지 다양한 시점을 통해 지속적으로 이루어지고 있고 의미 있는 성과도 내고 있다. 본 번역서는 그러한 식민지기 여성 연구의 맥을 잇는 것으로 식민지를 배경으로 '결혼'과 '사회'라는 거대한 틀을 짊어지고 살아가던 1930년대 여성들의 이야기를 묶은 것이다. 우선 본 번역서의 기초가 되는 기사의 출처와 시기에 대해 밝혀두면, 먼저 여기서 다루고 있는 기사는 재조일본인 잡지『조선급 만주』에 실린 글들이다. 주지하다시피『조선급 만주』는 재조일본인 잡지로 조선에 살고 있는 일본인들을 주요 독자층으로 삼아 조선과 일본에 관한 다양한 정보와 이야깃거리를 제공했다. 따라서 조선과 일본 여성에 관한 자료를 동시에 볼 수 있는 잡지이기도 하다. 단 본 번역서는 전쟁과 식민지기를 공통의 배경으로 하고는 있지만, 지배자와 피지배자의 이중구조가 아닌 여성과 그 여성들을 둘러싼 사회라는 권력, 즉 남성의 권력에 초점을 두고 있다. 그리고 대부분의 기사는 1930년대의 것인데, 1930년대는 1929년에 촉발된 세계대공황의 여파로 일본의 정치경제적 부분에서도 많은 변화를 초래한 시기이다. 특히 이 시기의 경제적 위기는 농촌과 도시 노동자의 계급 갈등만이 아니라 전통적 관념의 파괴와 더불어 여성들을 사회로 진출하게 한다. 이러한 여성의 사회진출은 여성의 인식 변화만이 아닌 전통적인 가정형태의 변화를 불러오고 그러한 변화는 사회에도 영향을 미친다. 여성은 구여성과 신여성이라는 용어로 이분되면서 결혼과 사회라는 제도의 틀 속에서 어디에도 온전하게 속하지 못한 존재로 이야기되었고, 또한 이러한 여성의 불안정한 위치는 근대화 과정에서 나타나는 다양한 갈등의 양상을 여실히 보여주고 있다.

특히 이번 번역 작업을 위해 여성관련 기사를 읽으면서 새삼 확인한 사실은, 발간 초부터 여성들을 다루는 기사에 화류계와 직업부인, 부인교육 관련 화제가 많다는 점과, 또 하나는 대부분의 기사가 남성들에 의해 쓰였다는 점이다. 간혹 여성 스스로 화자가 된다 해도 기존의 남성들 시선으로 쓰였던 내용과 별반 다를 바가 없었다. 즉 여성은 이야기하는 존재가 아닌 남성에 의해 이야기되고 평가되는 존재였다는 것이다. 거기에는 남성이 그려내는 여성이 존재할 뿐 그 시대를 살아가는 여성의 일상은 부재하고 있는 것처럼 보였다. 물론 시대적 환경적 제한으로 온전한 여성들의 목소리를 듣는 것에 어려움이 있는 것은 사실이다. 그래서 본 번역서에서는 남성들의 시선으로 그려진 여성들의 이야기 중 여성들의 일상과 가장 근접한 '결혼'과 '사회'에 초점을 두어 근대화 과정 속에 일상적인 여성의 담론이 어떻게 형성되며 여성은 어떻게 이미지화되고 있었는지를 보이려고 했다.

본 번역서는 앞서 언급한 부분들을 염두에 두면서 1부 결혼과 가정 2부 교육과 사회, 그리고 3부 그 어느 경계에도 속하지 못한 여성들의 이야기로 나누어 3부로 구성하였다. 그리고 30년대

가부장적 권위의 구조와 결혼과 사회라는 경계 속에서 그려지는 여성들의 일상을 도출하려고 했다. 먼저 1부 <결혼과 가정풍경>에서는 결혼과 가정에 관련된 기사를 다루고 있다. '조선인의 혼례풍경'과 '조선의 가족생활을 검토한다'에서는 결혼과 가정이라는 틀 속에 갇혀 있는 조선여성의 모습이 드러나고, 한편 '내선일체와 내선상혼'과 같은 기사를 통해서는 식민지 시스템의 강화와 완성을 위해 결혼이라는 제도가 어떻게 유용되고 있었는지를 확인할 수 있다. 이러한 기사들은 여성의 일상이 결혼과 가정이라는 제도의 일부가 되어 결코 자유롭지 못했음을 시사한다. 그리고 2부에 <신시대가 요구하는 여성담>에서는 교육과 여성의 이야기를 다루고 있다. 여기서는 근대화와 더불어 여성에게 요구되는 교육과 변화된 사회에서 요구하는 여성상을 확인할 수 있다. 특히 '신시대의 여성과 교육' '현대여성의 재출발'과 같은 기사를 통해 새로운 시대에 걸맞은 새로운 여성이미지가 어떻게 만들어지는지를 엿볼 수 있다. 마지막 3부 <일상과 비일상 사이의 여성들>에서는 앞서 본 두 장의 경계선을 벗어나 결혼 혹은 가정, 사회라는 제도에서 이탈한 여성들의 이야기를 다뤘다. 즉 전통적인 도덕관념에서 벗어나 외도를 하거나 혼혈아를 낳거나 배를 타고 밀수입을 하는 일상일 수도 일상이 아닐 수도 있는 경계선 상에서 제도의 이탈적 존재로 그려지는 여성들의 이야기이다. 여기서는 사회의 근대화 과정 속에서 결코 전통적이지 못한 하지만 근대적인 모습으로도 수용될 수 없는 모순적인 존재로 도출되는 여성들의 이야기를 읽을 수 있다.

앞서 소개한 『전쟁은 여자의 얼굴을 하지 않았다』는 여자가 화자가 되어 전쟁이라는 역사의 한 부분이며 그녀들의 일상을 온전히 그녀들의 시선으로 그려낸 것이었다. 반면 본 번역서는 남성이 '결혼'과 '사회'라는 제도 속에서 여성을 이미지화하는 과정을 통해 식민지기 여성들의 일상을 들여다보려 했다. 물론 여기서 제시한 부족한 자료들로 식민지기 여성의 일상을 읽어내는 것에는 한계가 있다. 하지만 적어도 전통과 근대의 구도 속에서 그려지는 여성들의 일상의 아이러니를 엿볼 수 있을 것이라고 생각한다. 또한 근대적 또는 식민지 시스템을 지탱하고 보완하기 위해 여성에게 요구되는 일상이 무엇이었으며, 한편으로 여성에게 있어 근대란 무엇인지를 다시 한번 생각해 볼 수 있는 재료를 제공해 줄 것이라 믿는다.

기존의 연구영역이 아님에도 불구하고 우연한 기회에 읽은 한 권의 책이 계기가 되어 식민지기 여성을 중심으로 한 기사를 찾게 되고 이번 번역서를 발간하게 되었는데, 좁은 시야로 기사를 모아 번역을 해 놓고 보니 부족한 부분이 많다. 그럼에도 불구하고 본 번역서가 식민지기 여성의 일상에 대한 이해와 어떤 의문점이나 관심을 가질 수 있는 계기가 될 수 있다면 하는 바람을 가져본다.

차례

/1부 결혼과 가정풍경

현대조선의 결혼과 연애풍경 ·················· 15

조선인의 혼례풍경 ·················· 24

내선인의 통혼상태 ·················· 32

내선일체와 내선상혼 ·················· 38

조선여성의 가정문제 ·················· 53

가정을 통해 본 조선부인의 과거와 현재 ············ 58

조선인의 가정생활을 검토하다 ·················· 70

/2부 신시대가 요구하는 여성담

신시대의 여성과 교육 ·· 87

신시대의 여성과 교육(전편에 이어) ···························· 98

조선여학생은 어디로 가나 ······································ 114

여학교 교육을 받은 조선인 여성의 상황 ··········· 122

조선의 신여성이여! 어디로 가나? ······················ 126

직업부인의 명암 ·· 133

현대의 실상을 이해하고 부인의 생활을 개선하자 ··· 143

현대여성의 재출발 ·· 154

/3부 일상과 비일상 사이의 여성들

근대 '여자' 품행기 ··· 165

영화 여배우의 사생활 ·· 175
—가마다 촬영소를 엿보다

정열의 미로 ··· 187
—어느 여학생의 수기

조선의 여배우를 둘러싼 두 남자 ···························· 194

경성의 밋짱과 미스 유미코 이야기 ························· 202

밀수하는 여자 ·· 219

혼혈아를 낳은 엄마의 고민 ···································· 228

1부
결혼과 가정풍경

현대조선의 결혼과 연애풍경

黑衣人

나가요 요시로(長与義郎) 씨[1]가 조선의 기생과 내지의 게이샤를 비교하면서 조선의 기생에게는 일종의 청순미 — 깨끗한 미가 있다고 했다. 열정이나 풍만함은 없지만, 오랜 전통으로 만들어진 차분함이 있다는 말이다. 과대평가일지 모르지만 조선 여자의 미에는 그런 냉정함이 있다. 모리스나 마세티에 나오는 중세이야기의 여주인공들과 비교해보면 차갑고 차분한 미와 같은 것이 조선 여자가 가진 미인지도 모르겠다. 하지만 작열하는 열정이나 풍려함과 농염함 같은 것이 없다. 정신분석학 입장에서 보면 나는 아직 젊고 열정적인 연애를 동경하고 있기 때문에 이런 불만을 가지게 되는 건지도 모르겠다.

유교적 전제에 따라 인간성을 압박한 과거의 조선에 자유로운

---

1) 나가요 요시로(長与義郎, 1888년 8월 6일-1961년 10월 29일) : 작가, 극작가, 평론가로 인도주의적인 작풍으로 정평이 나있고 시라카바(『白樺』)의 멤버였다.

연애는 없었다. 유명한 춘향전과 같은 사랑 이야기는 있다. 그러나 우리들(필자는 조선인이다)에게는 사이가쿠(西鶴), 지카마쓰(近松), 겐지(源氏) 이야기도 없고 히요쿠즈카(比翼塚)2) 전설도 없다. 실로 메마른 들을 연상하게 하는 감정생활이었다.

렉키는 자신이 쓴 구미 도덕사에서 아일랜드는 연애가 빈곤해도 영국에는 자유분방한 연애가 있다고 말한다. 즉 국민이 위축되지 않고 발전한다면 연애가 왕성해질 거라는 뜻이다. 버드런트 러셀은『결혼과 도덕』을 통해 일본과 아메리카, 러시아의 연애형태는 영국보다 자유롭다고 한다. 영국은 일본에서 출판할 수 있는 소설도 금지 할 정도로 청교도의 여세가 강하다. 그래서 국민에게 원기가 없는 것이 아닐까? 영국은 과거의 나라이다.

나는 조선인이 어떤 연애를 하고 있는지 생각해 봤지만 빈곤함이 먼저 떠올랐다. 경제적으로 빈곤한 나라에는 연애가 있을 수 없다는 말에도 일리가 있다. 그러나 기개가 부족한 남자들이나 전통의 구습에서 벗어나지 못한 연약한 여자들이 많은 조선인 사회에 연애가 빈곤한 것은 당연한 일이다. 주관성과 감성이 부족한 생활에서는 사랑의 꽃이 필 수 없다.

"조선에 연애 같은 게 있을까!"라고 하며 평범한 결혼을 한 후

---

2) 히요쿠즈카(比翼塚): 사랑하다 죽은 남녀나 정사한 남녀, 사이가 좋은 부부를 묻은 무덤. 슬픈 사랑이야기와 함께 전해지는 것이 많다. 현세에서 함께 하지 못한 연인의 혼령을 사후에 함께 모시는 경우도 많은데, 각지에 고사기 때부터 에도시대까지의 무덤이 남아 있다.

불행하게 죽어간 내 친구를 떠올리게 한다. 하지만 내가 수많은 구혼에도 불구하고 이를 피해온 이유는 빈곤 때문이기도 하지만 부모와 같은 결혼을 하고 싶지 않았기 때문이다. 아마도 나는 이 땅에서 반려자라고 할 만한 여성을 만날 수 없을지도 모른다. 나는 귀족적인 고독을 너무나 사랑한다. 나는 사회제도의 근본을 언급하지 않았을 뿐 개혁자이다. 속물근성과는 타협하고 싶지 않다. 나는 조선인 사회의 모든 풍경에 대한 반역자이다. 이런 이단자의 각도에서 바라본 연애풍속의 단편은 실상과는 동떨어져 있는 것일지도 모른다. 하지만 나는 대상의 르포르타주에는 정확성을 두면서 내 주관적 비판을 가할 것이다. 그들을 내가 잘 알기에 그들의 사회를 향해 폭격을 가하는 것이다.

근대 조선에서 사랑의 꽃이 피기 시작한 곳은 교회다. 서양인은 주의 가르침과 함께 남녀 간의 사랑의 기회를 만들어 왔다. 한때 기독교의 세력이 쇠퇴하고 사회주의가 이를 대신했을 때 청년들은 교회에 다니지 않았다. 그때 교회에 다닌 사람은 연애를 하기 위해서라고 경멸당하기도 했다. 그럴 정도로 교회는 연애의 온상이었다. 조선은 내지만큼 연애할 기회가 없다. 고모부는 사업가인데 크리스천으로 지금으로부터 25, 26년 전에 자유연애를 해서 결혼식을 올려 친척들을 놀라게 했다. 나는 이 선구자를 존경하지만 최근 돈을 잘 벌기 시작하자 평범한 인간이 되어 버렸다. 따지기 좋아하는 조선의 프로 문학이론가들은 이런 종류 의 연애를—광수라는 작가는 '개척자'로서 이런 종류의 연애문 제를 다뤘지만—부르주아 개인주의형이라고 한다.

지금으로부터 10여 년 전에 윤심덕이라는 소프라노가 현해탄 에서 정사한 일이 있었는데, 당시로서는 상당한 센세이션을 일으 켰던 사건이다. 평양에서 태어나 경성여고 보통학교를 나오고 음 악학교를 졸업한 여장부로 미우라 다마키(三浦環)3)를 축소시킨 것 같은 수많은 로맨스가 있었지만 연애하는 남자가 늘 따라다녀 무 섭다고 하며 우리 집에서 하룻밤 묵은 적이 있다.—누나가 윤심 덕의 친구였다. 그리고 얼마지 않아 정사했는데 아마도 삼각관계 로 번민한 끝에 정사한 것이 아닌가 한다.

조선에 정사라는 것은 삼국시대에는 있었지만 이조조선에는 별로 없었다. 사랑의 극치는 죽음이라고 하는 명제는 생물학적으 로도 증명될 수 있다. 사마귀는 교미 후 암컷이 수컷을 잡아먹어 버린다. 클레오파트라, 트리스탄과 이졸데, 로미오와 줄리엣, 옛 날부터 지금에 이르기까지 연애는 죽음의 신과 사이가 좋다. 일 본인은 정사라는 최고의 예술을 통해 마음의 순정, 솔직함, 정열

---

3) 미우라 다마키(三浦環, 1884년 2월 22일-1946년 5월 26일) : 일본에서 처음으로 국제적인 명성을 얻은 오페라가수. 18번 곡인 푸치니의 <나비부인> 속 주인공 나비부인을 연상케 하는 연기와 용모로 국제적으로 유명해졌다.

을 세상에 표현해왔다. 나는 내지인의 이런 정사를 찬미한다. 도학자에게 꽤 엄한 꾸지람을 들을지도 모르지만 사랑에 죽을 수 있기 때문에 일본인은 폭탄삼용사4)를 배출하고 귀신까지 울게 하는 충렬한 행위를 당연하게 행하는 것이다. 이해타산과 명철보신만을 생각하는 조선인 남녀에게 정사는 드물다. 그들은 실러나 휘트먼의 시가 자유연애로 탄생되었다는 사실을 모른다. 푸쉬킨과 같은 위대한 문호나 라살과 같은 사상가가 사랑을 위해 몸을 멸한 것을 모른다. 그렇지만 조금씩 조선의 프롤레타리아 층에서 동반자살이 나타나는 현상은 기쁘기 그지없다. (독자들이여! 필자는 미친 게 아닙니다!) 조선인이 정사를 할 수 있다고 하는 사실은 여러 가지 의미에서 축복할 일이다. 우선 정신적으로 일본인과 같은 감정을 가지게 되었다는 것, 그리고 이상과 미와 애(愛)의 세계를 가지기 시작했다는 것을 말한다. 나는 인천의 월미도에서 가난한 조선인 남녀의 정사시체를 봤을 때 진심으로 그들의 명복을 빈 적이 있다. 아마도 필자는 너무나 예술적일지도 모른다.

조선에서는 보기 드문 연인을 따라 죽는 일이 지금부터 12, 13년 전에 있었다. 강명화(姜明花)라는 기생이 장병천(張炳天)이라는 대구의 어느 부호의 아들과 사랑에 빠졌다. 그러나 남자가 여자의

---

4) 폭탄삼용사(爆彈三勇士) : 독립공병제 18대대 구루매(久留米) 소속인 일등병 에시다 다케지(江下武二), 기타가와 스스무(北川丞), 사쿠에 이노스케(作江伊之助)가 1932년에 제 1차 상하이 사변에서 적군을 돌파해 자폭하고 돌격로를 뚫은 영웅으로 칭송되었다. 육탄삼용사(肉彈三勇士)라고도 불렸다.

진심을 믿지 않아 여자가 독을 먹고 죽자 남자도 따라서 자살했다. 이 이야기는 「강명화실기(姜明花實記)」라는 팸플릿이 나올 정도로 당시 상당히 화제가 되었다. 이 남자와 필자는 함께 공부한 적이 있는데 별로 뛰어나지 못해서 멸시한 적은 있지만 이렇게 사랑에 죽은 기개를 나는 높이 산다.

최근에 화제가 된 이야기 중에는 한 기생의 자살소동사건이 있다. 자살소동이라는 것은 필자가 만든 말인데, 최 뭐라는 기생은 평생을 약속한 연인이 자신을 버리고 결혼하자 결혼식장에서 난봉을 부리기도 하고 잡지에 수기를 투고하기도 하는 등 정말 요란스럽기 짝이 없었다. 물론 자살도 시도했지만 미수로 끝났다. 그 남자는 부르주아의 아들로 목사의 딸과 결혼했는데, 기생과의 관계를 탐탁지 않게 생각한 신부의 오빠는 남자를 찌르고 지금 3년형을 살고 있다. 이 이야기는 추악한 연애와 결혼의 대표적인 풍경이다.

조선인 대학생은 돈 있는 집안 딸의 지참금 — 집과 토지를 받는다든지 — 을 목적으로 결혼하는 사람이 많다. 새로운 지식계급의 결혼은 대체로 중매결혼으로 연애결혼은 적을 것이다. 필자의 친구로 어느 전문학교 교수를 하고 있는 S라는 남자는 모범적인 연애결혼을 했는데, 부인은 옛날에 보통학교에서 같이 공부하던 여자이다. 둘 다 우등생이었고 서로 첫사랑의 대상이었다고 한다. 우여곡절 끝에 사랑의 결실을 맺은 때는 사랑의 출발점에서

10여 년 정도 지난 후였다. 이는 가장 건강하고 명랑한 연애결혼 풍경이다. 둘 다 머리가 좋아서 딸도 매우 영리하다고 한다.

지금 서른 전후 청년의 90프로는 이미 기혼자이다. 그중에는 열셋 정도에 결혼해 서른에는 이미 아이를 다섯이나 가지고 있는 인텔리도 있다. 열여덟에 결혼했지만 (중매결혼도 아닌 결혼식에서 처음으로 신부의 얼굴을 봤다.) 여급에서 기생 그리고 여급으로 순례하다 여급을 첩으로 삼은 젊은 인텔리가 있다. 그녀와 결혼을 하려고 해도 본처가 이혼에 동의하지 않아 어쩔 수 없이 그렇게 살고 있는 거라고 한다. 본처에게도 첩에게도 자식이 있다. 구식결혼을 했지만 여학생과 연애를 하다 동거를 하고 있는 회사원이 있다. 젊은 남자로 본처의 무식함이 싫어서 첩을 만든 사람도 많지만, 어떤 인도주의적인 감정이 뜨거웠던 남자는 자신이 아내를 버리면 그녀에게는 생활력이 전혀 없기 때문에 어쩔 수 없이 이혼하지 않는 거라고 한다. 하지만 외로운지 때때로 과음을 한다. 이런 과도기적 고민은 여기저기서 볼 수 있다. 크리스천이 아닌 사람은 여자를 만날 기회도 없기 때문에 연애 할 찬스가 없는 것도 과도기적 비애로 남녀교제가 꽤 국한되어 있다. 또한 친구에게 자신의 누나나 동생을 소개하거나 하지도 않는다.

한때 한창이었던 좌익들의 연애는 어떨까? 배우와 문인들의 연애는 어떨까? R은 다각적으로 손을 뻗고 있어서 그의 아내는 매일 울고 있다. 신일선(申一仙)이라는 여배우는 부르주아 아들의 첩이 되었다. N이라는 문사는 주변의 여성들을 모두 범했다는 유명한 색마였다. 지금 어느 우익단체에서 활약하고 있는 H라는 남자는 R여자전문학교 교수였는데, 수십 명의 학생과 관계를 가지다 학교에서 잘렸고, 그 후 Y전문학교로 옮겼는데 그곳에서도 학생들과의 추악한 관계를 일으켜서 해고를 당했다. 그 Y전문학교에 근무하던 어떤 어학강사도 학생을 임신시켜 자살하게 했다. 이 남자는 아직도 어디선가 가르치고 있다. 당국에서는 조선인 교사를 사상이 온건한 사람 중에서 뽑는 일도 중요하겠지만 인격자를 모으려고 노력하길 바란다. 앞서 말한 사람들이 모두 X대를 나온 이들로 전부 조혼자였다는 사실은 주목할 만하다. 조선인 기혼자는 대학에서 뽑지 않는다고 하며 그들의 생각을 향상시키려고 하지만, 시골의 양반들은 아직도 조혼을 당연하게 생각하고 있다.

좌익들 중에 H라는 여자는 예전에 부잣집 딸이었는데 좌익으로 기울어 누구의 애인지도 모르는 아이를 낳아 상당히 지식인들의 빈축을 샀지만, 지금도 여전히 병적인 연애를 하고 있다고 한다. 이 여자의 아버지는 상당한 명사인데 첩이 있다. 조금 여유가 있는 조선인 노인이나 중년들은 대체로 정해진 것처럼 첩을 가지고 있고, 이로 인해서 가정쟁의를 일으켜 아들을 좌익으로 기울게 한다. 첩이 되는 이들은 대체로 갓 기생이 된 사람이 많은 것은 내지와 비슷하다.

오산월(吳山月)이라는 평양의 기생은 연인이 가난한 학생이라서 도쿄에 있는 살롱 하루에서 여급으로 일하며 돈을 벌고 있었는데, 넘버원이 되어도 오만가지 유혹을 뿌리치고 연인의 졸업과 함께 조선으로 돌아와 진남포에 사랑의 보금자리를 만들었다. 이것은 연애 순정형을 대표하는 이야기이다.

이 정도에서 마무리를 짓지 않으면 현대 조선의 연애에 대한 험한 욕이나 조롱이 갑자기 튀어나올 것 같다. 그렇지 않아도 이삼일 전에 제 2방송의 라디오 드라마는 현재의 연애와 결혼을 충분히 비꼬아댔다. 그 내용은 대충 이렇다. 순이와 영순이라는 자매가 있었다. 언니는 경박한 여자로 50원의 월급을 받는 어느 전문학교 출신의 성실한 청년과의 사랑을 희생시키고 부르주아 아들과 혼약했는데, 이것은 어머니가 부린 얕은꾀에 동조했기 때문이었다. 동생은 언니에게 실연당한 수입이 적은 월급쟁이에게 동정하는 한편, 언니의 남편이 될 부르주아 아들에게 러브레터를 받고 번민한다. 결혼식 당일 언니는 기생을 첩으로 삼고 동생을 유혹하려 한 남자의 비밀을 우연한 기회로 알게 되어 가출을 해버린다. 일종의 풍자극이다. 작자는 50원의 월급쟁이라도 결혼할 권리가 있다는 점을 강조하려고 한 것 같다. 현실의 모습을 여실히 그려내고 있다.

— 黑衣人, 「現代朝鮮結婚戀愛風景」, 『朝鮮及滿州』, 1937年 2月

조선인의 혼례풍경

X·Y·Z

부민관의 제2강당은 강연 등에 이용되는 곳으로 유명하지만, 조선인의 신식 결혼식장이기도 하다. 그 정도로 조선인의 결혼식에 많이 이용되고 있다. 많을 때에는 하루에 두 팀 정도의 결혼식이 있다.

대체로 조선인의 결혼식은 종래의 구습 결혼식이지만 최근에는 서양식 결혼식도 많다. 노스차이나데일리뉴스(North China Daily News)5)의 일요그래픽에는 항상 지나인(支那人)6)신식결혼식 사진이 실린다. 지나인은 결혼만 하고 있는 것처럼 보일 정도인데, 부민관을 이용한 결혼식도 머지않아 경성의 명물 중 하나가 될 것이다.

---

5) 1921년부터 상하이에서 발행된 영자신문.
6) 지나(支那) : 현재의 중국 또는 그 일부지역에 대해 사용되었던 지리적 호칭으로 당시의 호칭을 그대로 사용한다.

전반적으로 조선인 생활이 향상되고 편해졌기 때문일까? 아니면 조선인은 조혼의 폐습이 여전히 농후하게 남아 있기 때문일까? 아무튼 조선인은 신사상을 가진 지식인들조차도 비교적 빨리 결혼한다. 서른 이전에 가정을 갖고 이후 어떤 향상과 발전도 꾀하려고 하지 않는 사람들이 많다. 생활비는 비싸지고 수입은 충분하지도 않은데 결혼을 하니 늘 생활은 궁핍하고 교제도 독서도 없이 실로 초라하다. 심신 모두 가난한 것이 현대 중류층 이상 지식계급의 생활이다. 시골에서는 아내를 얻는 일은 농업노동자를 한 명 늘리는 것이라 법률적으로 정해진 결혼 연령보다 낮다고 해도 결혼을 시켜버리는 경우가 여전히 많다. 아직도 조혼의 폐습은 계속된다. 열넷 열다섯부터 열예닐곱의 새신부가 아직 성에 눈을 뜨지 않아 무서움에 도망을 치거나 혹은 열여덟 열아홉의 새신부가 열세넷의 남편에 대한 성적불만을 이유로 남편을 독살하거나 도망치거나 혹은 방화하거나 하는 갖가지 불쾌한 사건이 일어난다.

　본지(『조선급만주』, 역자) 1월호 「현재조선인의 결혼연애풍습」이라는 기사와 중복되지 않도록 과거와 현재의 조선인 혼례풍습을 만담풍으로 써보려고 한다.

　옛 조선에는 여왕도 있었고, 여자이면서 스스로 남자를 구하거나 자유연애를 하거나했다. 따라서 이조조선에서 보이는 것과 같은 압박은 적었던 모양인데, 이씨조선이 되고 유교를 숭상하게 되면서 북선(北鮮)을 제외한 각지에서 여성의 지위는 실로 비참한 상황이 되었다. 황해도나 평안도는 최근까지 매매결혼이 행해졌다.

경성을 중심으로 한 양반들 중 남자는 열둘 열셋이 되면 이미 결혼한다. 열 살 또는 열한 살에 남성이 되는 관례를 치르고, 바로 결혼을 한다. 조선에는 '장유유서'라는 말이 불문율로 되어 있을 정도로 미성년자와 성년자 사이의 계급구분이 까다롭다. 관례를 하지 않은 사람은 서른이 되어도 관례를 한 열 살 소년을 대할 때 언어와 동작 모두 장자로서 존경을 해줘야 한다. 지금도 시골, 특히 경상도와 같은 보수적인 지방에서는 이런 관례가 공공연하게 이루어지고 있다.

결혼은 당연히 본인의 의지는 완전히 무시되고 양친 또는 연장자의 장유의지에 따라 결정된다. 남자와 여자의 결혼이 아니라 하나의 가정과 다른 하나의 가정이 결혼을 하는 것이다. 그래서 결혼식에서 처음으로 신랑이 신부의 얼굴을 보게 된다. 신부는 결혼식을(신혼의 밤을 밝힌 방에서는 눈을 뜨지만) 올릴 때에도 눈을 감고 있기 때문에 어떤 남자인지 모른다. 상대가 어떤 남자인지 전혀 모르는 상태에서 상대에게 안기는 것이다. 이것은 조선에만 있는 일이 아니라고 해도 조금이라도 개성을 가진 젊은 사람들은 견딜 수 없는 일이다. 그래서 사진교제가 다이쇼 시대(大正, 1912년 7월 30일부터 1926년 12월 25일까지, 역자) 무렵부터 시작된 것이다. 그러나 사진에서 봤을 때는 미인이었는데 실제로는 마마자국이 있거나 해서 희비극이 연출된다. 그래서 다이쇼말기부터 쇼와(昭和, 1926년 12월 25일부터 1989년 1월 7일까지, 역자)에 걸쳐 중매가 행해졌다. 현대 조선인의 결혼은 중매결혼이 많다. 신부의 얼굴도 모르고 결혼하는 사람은 시골의 농민들이다.

구식의 결혼식은 남자 쪽에서 여자의 집으로 함을 가지고 간다. 큰 상자에 비단 대여섯 필을 넣어 가지고 결혼식 전날에 간다. '사주'를 맞춘다고 하는 십이간지에 관한 미신도 있는데 이런 내용은 조선총독부가 발행한 『조선의 풍습(朝鮮の風習)』에 기록되어 있으니까 생략한다. 드디어 결혼식 날이 되면 자동차 또는 인력거를 타고(옛날에는 당나귀나 말을 타고 왔다.) 신랑이 신부의 집에 와서 신혼의 예식을 행하고 삼일동안 머문다. 혼례용 테이블에 물을 올리고 신랑신부가 하늘에 절을 올리고 맞절을 한다. 옛날에는 관리가 입었던 옷을 걸쳤지만 젊은 사람은 입고 싶어 하지 않는다. 국수주의 보전을 외치는 민족주의청년들 사이에서는 구식결혼식을 하는 사람도 있다. 결혼식을 올린 밤이 되면 신랑이 신부의 옷을 벗기는데 옛날에는 신랑의 친구들이나 다른 지인들이(남자들이지만) 신혼 방의 창에 구멍을 내어 훔쳐봤었다. 하지만 지금은 그런 폐습은 사라져버렸다. 그 대신에 신식결혼식에서는 새로

운 폐습이 생겼다. 신랑을 끌고 요릿집으로 데려가 난리법석을
떠는 일이다.

최근 신식결혼식에서는 신전(神前)결혼식, 불식(佛式)결혼식, 때로
는 천도교(天道敎)결혼식이 있는데, 대체로는 사회결혼식과 기독교
결혼식이다. 신식결혼식의 창시자는 기독교인이다. 꽤 간단하게
행하는 것이라 결혼식에서만 기독교인 같은 얼굴을 하고 식을 올
리는 사람들도 생겼다. 그게 이상하다해서 계명클럽(인사동에 있다.)
이라는 조선인 지식계급(각 방면을 망라하는데 급진적이지 않은 편으로 관리
인이나 신문사의 사장, 실업가, 교장 등이 모여 있다.)회에서 만든 것이 사회
결혼식으로 이것은 2, 3년 전에 총독부 사회과에 제출한 의례준
칙에도 채용되었다. 현대는 대부분 이 방식으로 한다. 이 결혼식
은 지명도 있는 사람이 사회자가 되어 고천문(告天文) 낭독이나 축
사에 따라 행하는 결혼식인데, 의상과 그 외의 것들도 서양식으
로 한다. 턱시도나 프록코트, 모닝코트를 맞추는 사람은 극히 소
수로 대체로는 XX예식부라는 곳에서 한 벌에 하루 3원 정도 주
고 빌려서 착용한다.

신식결혼식의 내막을 들여다보면 실로 볼품이 없다. 구식결혼
식에서는 내빈에게 술을 향응하였지만 신식에서는 술을 별로 내
놓지 않는다. 젊은 사람들은 술도 마시고 싶고 한편으로는 질투
하는 마음에서 신랑을 결혼식 당일 요릿집으로 끌고 가서 봉으로
삼아 한턱 크게 쏘게 한다. 이런 2차 연회를 하기 전에는 피로연

이 있는데 이 피로연은 친척이나 지인들 중심이기 때문에, 신랑의 친구들은 따로 기생들과 한판 놀고 싶은 것이다. 게다가 그 비용은 신부 집에서 지불하니 즐거울 따름이다. 신랑이 오전 4시까지 마시고 신혼 침실에는 새벽되어 들어왔다는 난센스가 종종 발생한다. 때로는 결혼식의 틈을 타 불량청소년들이 요릿집으로 찾아가 누구누구의 결혼식 2차 피로연이라며 신나게 마시고 놀다 도망치지거나, 신부의 집에서도 신랑의 집에서도 연회비를 내주지 않아 결국 친구들이 나눠 내거나, 또는 신랑을 요릿집으로 끌어낸 사람들이 한잔 마시기는커녕 차가운 감방에서 하룻밤을 보내거나 하는 희비극 코미디가 연출된다. 즉 돈이 없으면서 도가 지나치니까 이런 폐해가 생기는 것이다. 중산계급에서 딸을 시집보내는데 적어도 천원은 필요하다고 하니 참으로 곤란한 일이다. 그래서 대부분 울며 겨자 먹기로 돈을 빌리게 되니 어리석기 짝이 없는 일이다.

이상은 중산계층 이상의 결혼식인데 마르크스주의자 청년 중에는 결혼식에서 선동연설을 하거나 축사로 사람들을 선동하거나 해서 검거소동이 일어나기도 한다. 또는 우애결혼을 하는 사람도 있다. "우리들은 동거를 했습니다.", "우리들은 지금 결혼을 했습니다. 자축의 의미로 XXX에서 피로연을 열겠습니다."라며 결혼식을 생략한 혼례풍경도 있다. 도시의 프롤레타리아는 신식 결혼식은 하지 않는다. 대체로 구식으로 간단하게 한다.

최근 신문을 떠들썩하게 하는 기사 중에 결혼식에 기생이 난입해서 식을 엉망으로 만든 사건이 있었다. 조선에서는 결혼연령이 빨라 부모가 정해 준 아내에게 만족하지 못하고 나중에 연애 결혼을 하지만, 결국 이중 결혼이 되니 본처가 가만히 있지 않고 결혼식에서 난동을 피우는 일이 종종 있다. 작년에 신문을 떠들썩하게 한 기사는 기생과 내연관계에 있던 부르주아 아들이 여학교 출신인 여자와 결혼하면서 신부의 오빠가 남자를 칼로 찌른 사건이다. 결국 파혼했는데 이런 종류의 비극은 꽤 많다. 이상을 소실한 현대 조선인 청년의 약점이다. 아니 조선인 사회의 무질서와 혼돈을 나타내는 증거라 할 수 있다. 조금이라도 돈이 있는 청년은 방탕한 나날을 보내고 가난한 청년은 만약 실업이라도 하면 글자 그대로 기아의 고통을 맛봐야 한다. 생활에 적극적이지도 않기 때문에 결혼생활도 이상해진다.

기생이나 여급의 수가 압도적으로 늘어나서 결혼식이 필요 없는 간단한 우애결혼을 하는 청년들도 상당수 있다. 모든 권위가 사라지고 본능이 원하는 대로 움직이는 청년들도 많다. 결혼식에 친구들이 모여 한 턱 쓰게 하는 것도, 그들이 정치적으로 에너지를 발산할 곳도 없고 경제적으로도 풍부하지 못해 연애의 자유도 없어서 그 울적한 생명력 — 프로이드는 리비도라고 했다 — 을 발산하기 위해 술의 힘을 빌리려고 하기 때문일 것이다. 경제와 정치가 문제다. — 가령 결혼식과 같은 개인적인 문제라고 해도.

어쨌든 조선인 혼례풍습에는 바로 잡아서 고쳐야 할 폐습이 많이 남아 있다. 사회교화에 종사하는 사람들은 그 방면의 개선에 힘써주길 바란다. 특히 학교 교사들은 이 문제를 더욱 적극적으로 지도해야만 하는데, 성실하고 열성적이며 성스러운 사랑으로 끓어오르는 교사가 너무나 적기 때문에 조금도 개선과 진보가 없다.

— X・Y・Z, 「朝鮮人の婚禮風景」, 『朝鮮及滿州』, 1937年 4月

내선인의 통혼상태

朝鮮總督府囑託 善生永助

영국 속담에 "피는 물보다 진하다"라는 말이 있다. 즉 영국은 태양이 저무는 지구위의 모든 땅이 영국민의 영토가 되어야 한다는 민족결합의 의식을 가지고 있다. 이러한 앵글로색슨이 가진 의식에 따라 이민족을 정복했기에 식민지적 발전을 이룰 수 있었던 것이다. 국권의 신장과 국위발양 위에서 피로 이어진 사람들이 민족이 될 수 있는지는 굳이 설명을 하지 않아도 될 것이다. 일청전쟁 후 우리나라에서 대만을 차지하고 일러전쟁 후 관동주(關東州)와 사할린을 획득했다. 또한 일한합병을 이루었고 세계대전 후에는 남태평양의 위탁통치를 했으며 최근에는 만주국의 독립까지 이루게 되었으니 실로 제국의 세력발전은 경이로울 정도이다. 얼마 전 우리나라 재야의 지식인들 중에서 일본민족과 상대민족을 피와 피로 이으려고 하는 의견에 대해 다양한 논의를 한 적이 있다. 회유정책이나 국어정책 이상으로 통혼관계는 누구도 부정할 수 없다. 일한병합 이후 이미 25년이 되었고 은혼식을 올릴 시기가 된 지금 내선(內鮮) 두 민족의 사상과 감정에 있어 접근과 융화는 과연 어느 정도일까? 나는 이를 시도해 보기 위해 내선통혼상태에 대한 고찰을 해보려고 한다.

연별 비교표

년차	총수	내지인으로 조선인 아내를 얻는 사람	조선인으로 내지인 아내를 얻는 사람	조선인으로 내지인 집으로 데릴사위로 가는 사람	내지인으로 조선인 집으로 데릴사위로 가는 사람
1923년 말	245	102	131	11	1
1924년 말	360	125	203	23	9
1925년 말	404	187	197	19	1
1926년 말	459	222	219	18	0
1927년 말	499	245	238	14	2
1928년 말	527	266	238	21	2
1929년 말	615	310	277	27	1
1930년 말	786	385	350	46	5
1931년 말	852	438	367	41	6
1932년 말	954	533	364	48	9
1933년 말	1,029	589	377	48	15

조선에서 1933년 현재 내지인과 조선인 배우자의 수는 1,029쌍으로 배우자의 종류는 내지인으로 조선인 아내를 얻는 사람이 589쌍, 조선인으로 내지인 부인을 얻는 사람이 377쌍, 조선인으로 내지인 집 데릴사위로 들어가는 사람이 48쌍, 내지인으로 조

선인 집 데릴사위로 들어가는 사람이 15쌍이다. 내선간의 정치와
경제, 문화와 교통, 풍속 등의 관계가 밀접해지면 해질수록 내지
인과 조선인의 배우자 수는 매년 눈에 띄게 증가해왔다. 과거 10
년간의 추세를 보면 1923년 말에 245쌍이 1927년 말에는 그 두
배인 499쌍이 되었으며 1930년 말에는 세 배인 786쌍까지 이르
고 1933년에는 네 배인 1,029쌍이나 증가했다.

도별 표(1933년 말 현재)

도명	총수	내지인으로 조선인 아내를 얻는 사람	조선인으로 내지인 아내를 얻는 사람	조선인으로 내지인 집으로 데릴사위로 가는 사람	내지인으로 조선인 집으로 데릴사위로 가는 사람
경기도	173	78	83	11	1
충청북도	14	5	9	0	0
충청남도	54	24	25	1	4
전라북도	54	29	24	1	0
전라남도	111	62	43	5	1
경상북도	110	41	54	15	0
경상남도	106	43	59	4	0
황해도	45	36	9	0	1
평안남도	59	38	19	1	0
평안북도	78	67	9	2	8
강원도	88	59	18	3	8
함경남도	83	64	16	3	0
함경북도	54	43	9	2	0
총계	1,029	589	377	48	15

내지인과 조선인의 배우자수를 도별로 보면 경기도가 173쌍으로 가장 많고, 전라남도 111쌍, 경상북도 110쌍, 경상남도 106쌍이며, 강원도 88쌍, 함경남도 83쌍, 평안북도 78쌍의 순위이다. 가장 적은 곳은 충청북도로 14쌍이다. 즉 지리적, 경제적 관계가 깊은 중부 이남에 많고 서북지방에는 적다.

다음으로 직업별 배우자수를 보면, 상업과 교통업이 305쌍으로 가장 많고, 공무인과 자유업인 270쌍, 공업 164쌍, 농림과 목축업 150쌍이 그 다음으로 많은데 이는 양자의 접촉 깊이에 따라 나타나는 차이라고 보인다.

직업별 표(1933년 말 현재)

직업	총수	내지인으로 조선인 아내를 얻는 사람	조선인으로 내지인 아내를 얻는 사람	조선인으로 내지인 집으로 데릴사위로 가는 사람	내지인으로 조선인 집으로 데릴사위로 가는 사람
농림과 목축업	150	82	59	7	2
어업과제조업	26	13	9	2	2
공업	164	117	40	5	2
상업과 교통업	305	135	145	22	3
공무와 자유업	270	179	78	8	5
그 외 유식자	84	50	29	4	1
무식자와 직업을 신고하지 않은 자	29	12	17	0	0
총계	1,029	589	377	48	15

물론 남녀 간의 교섭관계를 전부 관공서에 신고한다고 해도 공인된 배우자 관계 외에 개인적인 관계나 비밀스런 관계 등은 신고가 누락되어 동거상태인 경우도 많을 것이다. 만약 앞서 말한 숫자의 네 배 다섯 배가 되는 그런 내선융화의 선구자가 있다고 하자. 그렇다고 해도 선조시대부터 역사적으로나 지리적으로나 깊은 교섭을 가져왔으며 눈의 색이나 털색이 같은 종족인데다 합병 이후 25년을 경과한 관계이니만큼 황송스럽게 황실과 왕실 사이에서 국민에게 규범을 보여줄 정도임에도 불구하고, 두 민족의 통혼성적은 오히려 불량하다고 할 수 있다. 나는 결코 장래를 비관하지는 않지만 지식계급의 내선남녀가 적극적으로 통혼관계를 가지기까지는 더욱 오랜 시간을 거쳐야 하기 때문에 한동안은 느긋하게 기다리며 앞날을 기대할 수밖에 없다.

최근 우리나라에서 만주로 이민을 보내게 되면서 "독신 청년 남자를 만주로 보내서 만주의 여자와 결혼시키면 일본과 만주의 혈액융화가 이루어져 일석이조의 묘안이다."는 등 진심을 담아 말하는 사람들이 다수 있다. 일본이민이 만주에 정착할지 아닐지도 근본적인 의문이지만 이를 차치하고도 남자의 수가 지나치게 많은 지나나 만주, 몽고에서 단체이민을 보내 일본청년의 배우자를 얻게 하려는 일은 치인설몽이다. 이런 세상 물정에 어두운 경험으로 문화와 풍속, 습관 등이 전혀 다른 일만(日滿)의 결혼을 역설하기 전에 우선 내선통혼의 상태를 살펴보는 게 좋지 않을까?

만주라면 무턱대고 희망이 있다거나 감사하다거나 하면서, 지반다지는 일을 소홀히 했다가 다른 나라에게 창피를 당할 위험도 있다. 우리들은 모형 이민이나 표본 통혼을 가지고 만족해서는 안 된다. 또한 억지로 강요하는 일만결혼보다는 마음에서 우러나오는 일만융합이 더욱 어렵다는 사실을 알고 반성해야 한다.

― 朝鮮總督府囑託 善生永助, 「內鮮人の通婚狀態」, 『朝鮮及滿州』, 1935年 1月

내선일체와 내선상혼

文學士 玄永燮

1

내선일체를 단지 정신적인 부분에서만 찾고 형식적인 면은 생각하지 않는 사람이 있는 것 같은데, 나는 생활과 예술적인 부분에서도 내선일체를 찾아야 한다고 생각한다. 그러기 위해서는 물심일여의 정신으로 나아가야 한다. 조선인이 일본인이 되기 위한 형식을 부여해야 한다.

풍속이 비슷해질 필요가 있고 언어가 다르면 국민적 단결은 거의 불가능하다. 보라. 스페인을. 스페인에서는 네 개의 국어가 뒤섞여서 사용되고 있다. 즉 스페인어, 카탈류냐어, 바스크오, 포르투갈어 등이다. 스페인은 원래 잘 통치되지 않는 나라인데 이렇게 언어가 통일되지 않고서는 불가능하다고 본다. 하지만 영국과 아메리카가 같은 언어를 사용한다고 해도 때때로 서로 반목하는 상황이 생기는 걸 보면 언어라는 것은 절대적이지 않다. 언어에는 사상이나 정신이 담겨 있지만 그보다 오히려 언어는 사상을 표현하는 수단이다. 진심으로 일본인이 되고 싶다면 조선어 같은 건 버려버리라고 하면 조선의 인텔리는 내가 마치 나랏일이라도 하는 인간인 것처럼 말하겠지만, 나는 일본인이라고 하기에는 사상이 불순하다. 나는 일본인이 되어 더욱 사회 건설에 기여하고 싶고 더 좋은 일본을 만들기 위해 독일이나 이탈리아를 단순히 모방해서는 안 된다고 주장하는 것이다. 나는 공상세계에 존재하는 조선인의 네이션이라는 것을 버리겠다.

2

일본인(야마토 민족)이 혼혈의 민족인 사실은 말할 필요도 없다. 건국 당시를 생각하면 적어도 팔족협화였다고 하는 사람도 있다. 상식적으로 말하면 남방인과 북방인이 결합해서 일본민족이 만들어진 것이다. 다행히 만세일계의 황실을 받들어 모시면서 통일이 잘 되었다. 일본인은 이민족을 잘 이용한 민족으로, 유대인과 같은 민족도 아니며 나치의 민족이론을 가지고 있지 않다.

고대에는 조선과 일본의 관계가 상당히 밀접했다는 사실에 대해서는 일일이 열거하지 않아도 될 정도이다. 내선인은 서로가 같은 피다. 내선인의 혼혈아 중에서 아직 천재를 보지는 못했지만 상당한 소질은 보인다. 불행히도 우수한 내지인의 남녀와 우수한 조선인 남녀가 결합한 경우가 적기에 명확히 말할 수 없지만, 내선결혼은 결코 어떤 사람이 우려하는 것처럼 일본민족의 질을 저하시키는 것이 아니라는 사실에 대해서는 확신한다. 결론을 먼저 말해버렸지만 이하 조금 이론적으로 이 문제를 다뤄보겠다.

3

내선일체는 내선결혼이 가능하지 않으면 완성될 수 없지만, 공학제 실시나 지원병제도의 실시, 국어 상용도 아주 훌륭하다. 하지만 한 명의 내지인이 한 명의 조선인과 결혼하는 일은 적어도 백 명의 내지인과 백 명의 내지인이 혈연적 관계로 맺어지는 것을 의미하니 내선결혼을 더욱 장려하고 싶다는 말을 여기저기서 듣는다. 나는 이를 대변해서 내선결혼이 더 하기 쉬워지는 환경을 만들어야 한다고 생각한다.

인류의 시조가 다원이었는지 일원이었는지는 아직 결정되지 않았지만, 현재 많은 학자들은 단원론의 편을 들고 있다. 단원론의 대표적인 입장은 다윈이다. 칼 폰 린네(Carl von Linne)는 인류를 네 인종으로 나누고 요한 블루멘바흐(Johann Friedrich Blumenbach)는 다섯 인종으로 뷔퐁(Georges Louis Leclerc, Comte de Buffon)은 여섯 인종으로 페셸(Oskar Peschel)은 일곱 인종으로 루이 아가시스(Jean Louis Rodolphe Agassiz)는 여덟 인종으로 에른스트 헤켈(Ernst Haeckel)은 열두 인종으로 모튼은 스물두 인종으로 프로 휘드는 육십 인종으로 분류했다. 루샹은 인종간의 분류는 얼마든지 가능하기 때문에 정확한 인종의 종류는 알 수 없다고 한다. 젊은 노르딕 국가의 백인과 흑인 그리고 몽골인 세 명을 나란히 세워두면 명확히 구분 할 수 있지만, 그 중간에 속하는 수많은 인종들을 나란히 두고 보면 어느 게 어느 건지 알 수 없게 된다.

원인(原人)으로 알려져 있는 네안데르탈인, 오리냐크인, 크로마뇽인도 최초에 생겨난 종이 가장 오래된 종이라는 사실 외에는 아무것도 모른다. 현재로서는 이 이야기만 할 수 있다. 이렇게 먼 인종사이에서도 결혼해서 아이가 생기고 그 자손간의 결합도 가능해졌다는, 이 사실이야말로 인류동조론을 가능하게 하는 증거가 아닐까? 잉카왕국은 일본인의 자손이었다거나 톨스토이는 아이누인이었다고 하는 이야기가 최근 신문에 등장하고 있는데 꼭 거짓이라고만은 할 수 없다.

카를 란트슈타이너(Karl Landsteiner)[7]는 혈액을 세 개의 그룹으로 나누고 양스키[8])와 모스[9])는 네 개로 나눴다. 처음에는 이 네 개의 혈액 그룹에 따라 인종을 넷으로 분류한다고 했는데, 아메리카 인디언과 에스키모인을 제외하면 이 네 그룹의 혈액은 모든 인종에 존재한다. 장두골(長頭骨)인 노르딕인과 흑인, 편도형의 눈을 가진 지나인의 혈액 그룹은 동일하다.

인종에는 불변의 유전소질이 있다는 것처럼 말하지만 그것은 거짓이다. 인간이 생물학적 법칙에 지배된다고 하면 연체동물과 곤충이 환경의 변화에 따라 소화본능과 배란의 형태, 용화(蛹化)의 형태, 생식본능에도 변화가 생기고 그것이 자손에게 유전된다는 사실(슈뢰더(Schröder)와 피크테(Pictet)의 연구이다)과 같은 결과가 나오기 쉬워진다. 아메리카의 학자 타워씨는 콜로라도 주의 사마귀를 매서운 추위에 내몰아 새로운 성질을 유전시키는 데 성공했다.

러시아 인류학자인 이바노스키(Iwanosky)는 러시아가 기근일 때 2,114명의 남녀를 6회에 걸쳐 조사하고 신체의 횡단면이 5, 6센티 줄어 있는 것을 발견했다. 두부(頭部)주위는 길이와 양 모두 변해있었다. 아메리카 인류학자 프란츠 보아스(Franz Boas) 씨는 연

---

7) 카를 란트슈타이너(Karl Landsteiner, 1868년 6월 14일-1943년 6월 26일) : 오스트리아의 병리학자 사람의 혈액군에 관한 연구를 통해 ABO식 혈액형을 발견하고 수혈법을 확립.

8) 양스키 분류법(Jansky classification) : A, B, AB, O식 혈액형 분류.

9) 모스 분류법(Moss' classification) : ABO식 혈액형 분류로 AB, A, B, O형이 각각 I, II, III, IV에 대응한다.

구를 통해 아메리카로 이주해 온 사람들이 긴 시간동안 아메리카에 살다보면 신체가 변한다는 사실을 발견했다. 환경이 인간을 완전히 바꿔놓은 것이다.

서양인이 만들고 일본인이 발전시켰다. 일본인은 영원히 죽지 않는 야마토혼은 가지고 있어도 외모는 많이 변해서 서구인처럼 될 것이다. 이와 같이 조선인들 중에 대학을 나오고 특히 공부한 사람의 얼굴은 일본인과 닮게 될 것이다. 오래전 상하이에서 지냈을 때 서양인 은행회사에서 근무하던 지나인 청년들의 용모가 서양인과 비슷해서 놀란 적이 있는데, 환경에 따라 사람의 모습도 변한다. 특히 지리적인 영향은 크다. 조선인은 영원한 조선인, 내지인은 영원한 내지인으로 존재할 거라고 생각하는 건 조소할 만한 관념론이다.

4

소크라테스, 호메로스, 미켈란젤로, 단테, 루터, 갈릴레오, 렘브란트, 고야, 루소, 페스탈로치, 헤르더, 괴테, 베토벤, 바이런, 푸쉬킨, 도스토예프스키, 톨스토이, 발자크, 뒤마, 에드가 앨런 포, 스트린드베리, 입센, 에밀 졸라 그 외에 셀 수도 없을 만큼 많은 사람들이 혼혈아였다! 독일 인종학자 크라우스는 베토벤은 음악에 관해서는 순수한 노드릭인이지만 육체는 동양인이라고 했다 (Dr. Clauss : Rasse u. Seele, Münich, 1925, S. 60).

흑인의 피를 이어온 푸쉬킨을 어떻게 백인종의 얼굴을 한 소비에트의 게토(毛唐)10)들이 저렇게 받들어 모실 수 있는 것일까? 문제는 정신이지 육체는 아니다.

어떤 육체라도 매독과 임질, 나병이 없다면 그리고 교육을 받는다면 어느 정도 문화인이 될 가능성을 내재한다. 그렇기 때문에 나는 인생에 희망을 걸고 인류의 진정한 낙토(樂土)건설을 위해 싸우고 싶은 거다. 지금은 인간이 행복하다고 할 수 없지만 인간이 올바른 생각을 가짐에 따라 세계는 아주 아름다운 곳이 될 수 있다.

가령 어느 산원(產院)에서 내선인 부인이 분만을 한다고 치자. 간호부의 잘못으로 아이가 바뀌어 내지인의 아기를 조선인이, 조선인의 아기를 내지인에게 안겨주고 둘 다 그 사실을 몰랐다고 가정하면, 아마도 조선인의 아기는 훌륭한 내지인으로 성장할 것이고 내지인의 아기는 평범한 조선인이 되지 않을까? 이것은 내 멋대로 한 공상이지만 불합리한 생각은 결코 아니다. 만약 내선인이 아닌 귀족과 농민인 두 사람이라고 가정하면 내 가설이 진

---

10) 게토(毛唐) : 털색이 다른 사람들, 또는 외국에서 온 사람들을 뜻함. 차별어 중 하나. 외국인의 별칭.

실이 될 가능성은 커진다.

5

자, 나의 능숙치 못한 이론은 그만두고 현실 세계로 돌아와 구체적으로 내선결혼 문제에 대해 논하고자 한다.

신이 통치하던 시대로 거슬러 올라가지 않아도 임진왜란 때 수많은 포로들이 내지로 끌려왔다. 그들은 온갖 박해를 받으면서도 계속 싸워 자애 깊은 다이묘(大名)에게 구제되어 곳곳에서 토지를 부여받았다. 이 포로들이 미야기현(宮城縣)으로 가서 고려자기를 개량하고 발달시켜 사쓰마자기를 만들고 전국으로 퍼뜨렸다. 일본도기의 특징을 가진 사쓰마자기의 시조는 조선인이다. 그 자손은 내지에서 수백 년간 살면서 완전히 일본화되어 내지인과도 통혼하게 되었다. 그리고 조선어를 잊어버리고 일청·일러 전쟁에도 출정했다. 지난 사변 때에도 훌륭하게 의무를 다 했을 거라는 점은 충분히 상상할 수 있다.

역사학자 또는 인종학자가 논증하는 것처럼 내선인은 몽골족인 퉁구스족이다. 내지와 조선은 땅으로 이어진 큰 대륙의 일부였다고 하는 일설은 상식이라고 생각해도 좋다. 그래서 인종학자가 말하는 것처럼 내선일체는 환원이라고 할 수는 있어도 결코 정책적이거나 혹은 나라의 명이 아니다.

내선일체가 인간성에 입각하지 않고 인류의 의지(이렇게 말하면 관념론이라 해서 경멸당할지 모르지만)에 반한다하면, 힘에 의해 일시적이고 표면적으로는 성립할지도 모른다. 하지만 결코 우리들에게 영구적인 사실로 만세에 빛날 진리의 확신을 주지는 못할 것이다.

나는 내선일체의 문제는 동양평화의 관점에서 아니 세계사적인 방향에서 바라볼 때 비로소 진리의 보편타당성을 찾을 수 있다고 생각한다. 내선일체가 역사적인 입장과 인종학적인 입장으로 확립된다면 평화나 인류의 희망적인 입장에서 구해야 할 내선일체 ―세계일체의 서곡으로서― 가 갖는 이상성이 보다 현실화되고 구체화될 수 있을 것이다.

현재 조선에는 약 천여 명의 기혼 내선인들이 살고 있다. 내지의 내선결혼까지 더하면 상당한 숫자가 될 것이다. 내선인 모두에게 있는 뿌리 깊은 민족적 감정에도 불구하고 이렇게 결혼이 성립된다는 사실은 편협한 내셔널리즘보다 인간애가 더 강한 힘을 가진 때도 있다는 증거가 아니고 뭐라 할 수 있을까? 그러나 불행히도 내선결혼의 대부분은 불행과 비극으로 끝을 맺는다.

어떤 조선인 마르크스주의자가 내지인 여자 대학생을 하우스키퍼로 삼아 동거하다 운동이 몰락해 정사한 기사를 1934년 정도에 요미우리신문(讀賣新聞)에서 읽은 적이 있다. 그들의 사랑을 성립시킬 사상이 시대에 맞지 않았던 것이다. 하지만 잘못된 이상이라고 해도 원대한 이상을 가지면, 그 이상이 민족적 차이로 생기는 여러 가지 틈새를 메울 수 있다.

조선인이 아름답다고 생각하는 것을 내지인이 아름답다고 느끼지 않을 때 연애는 성립하지 않는다. 조선인의 세수방법, 끈을 묶는 방법, 보자기를 싸는 방법, 앉는 방법의 차이조차 내선결혼을 하는 당사자들의 생활을 불행하게 만드는 경우를 나는 잘 알고 있다. 그들이 정말로 일치하는 부분은 서양적 관습을 채용했을 때이다. 양식을 먹고 서양음악을 감상하고 아파트의 침대생활을 하고 있을 때 그들은 완전한 일치와 조화를 이룬다. 내선결혼이 잘되기 위해서는 사회적인 이상과 인생관이 동일해야 하고 서로가 민족주의를 가지면 어렵다. 그리고 적어도 생활양식은 서양취미를 살려야 한다고 단언한다. 가장 일본적인 생활 속에 보이는 세계적인 우수성―다도나 꽃꽂이 예술, 일본의 기모노―은 내선결혼을 방해하는 이유가 될 수 없다. 그러나 각각 다른 민족적 특징이 때로는 충돌할 수도 있다.

조선인이 생활적으로 기술적으로 뛰어난 경우 비교적 학대받고 열등한 내지인이 흥미를 가지면서 연애감정이 생기는 경우가 많다. 내선에 적용시켜서는 안 되지만, 에밀 뒤르켐(Emile Dukheim)[11]이 말한 것처럼 지도민족과 피지도민족이 결합할 때 전자의 피지배계급은 후자의 지배계급과 합쳐진다. 아메리카 부호의 딸이 러시아 귀족이나 프랑스 귀족과 결혼해서 자신의 높아진 지위를 자랑스러워하는 것이 이런 법칙이다. 내지인 하녀와 여급, 예기와 창기, 여공이 조선인 중에서 비교적 우수한 사람을 붙잡는다. 어느 대학출신인 조선인 여성을 어떤 전문학교 출신인 내지인이 아내로 맞이했다. 사랑은 이기적인 것으로 상대에게 빼앗을 것이 없으면 사랑의 감정을 느낄 수 없다고 한다. 그 사람은 그 사람대로 감격해서 사랑했다고 하는 경우도 적지 않지만, 이는 소설의 세계 속이다. 연애는 소유의 관념에서 벗어나지 못한다. 인격의 관념을 통해 계급과 국경, 민족의 관념을 초월해야 한다. 잭 런던(Jack London)[12]의 반 자전적 소설인 『마틴 에덴』의 주인공은 부르주아 딸과 사랑에 빠지는데, 불우할 때는 배척당하다 소설가로 명성을 올려 도지사에게 초대되자 여자가 다시 돌아온다. 그런데 주인공은 완전히 인생에 절망을 느껴 사랑을 포기하고 자살해버린다. 이처럼 남자가 뭔가를 가지지 않으면 사랑을 얻는 일이 불가능하다. 이것이 오랜 시간동안 형성된 재산중심의 사회

---

11) 에밀 뒤르켐(Emile Dukheim, 1858년 4월 15일-1917년 11월 15일) : 프랑스의 사회학자. 초기 연대주의와 길드사회주의를 제창했으며, 사회학과 인류학 형성에 크게 기여했다.

12) 잭 런던(Jack London, 1876년 1월 12일-1916년 11월 22일) : 미국 소설가. 1982년에 일본군을 따라 러일전쟁을 취재하면서 기고한 조선에 대한 글들이 묶여 『조선사람 엿보기(La Corée en feu)』라는 제목으로 프랑스에서 출판되었다.

속에서 비뚤어져버린 인간의 심리이다. 남자도 가난한 집의 딸을 얻고 싶어 하지 않는다.

앞으로 조선인과 내지인이 하나가 되어 나아가야 하기 때문에, 진심을 가지고 자유롭게 사랑해야 한다. 그러나 현재 수많은 반대가 이러한 연애를 방해한다.

6

무엇이 내선일체의 근본인 결혼을 방해하는 것일까?

가장 첫째로는 경제적인 이유이다.

내가 알고 있는 어느 성실한 조선인 순사가 있다. 도쿄에 있던 시절 내지인과 사랑에 빠져 결혼을 했지만, 수입이 적어서 내지인 부인이 "왜 그렇게 월급이 적은 거예요?" 하고 물었다고 한다. 그래도 그런 고통을 참고 지내는 내지인 여성은 기특하다. 빈곤한 조선인 남편을 얻은 불만이 있어도 참고 지내는 내지인 여성이 꽤 많다는 사실은 일본민족의 큰 미덕이다. 이런 상황을 봐서라도 내지인과 조선인의 수입을 하루라도 빨리 평등하게 할 수 있도록 조선인의 생활수준을 높이고 일본화할 필요가 있다.

어느 내지의 고등상업학교를 졸업한 조선인이 은사의 딸과 사랑에 빠져 결혼해서 아이를 낳았지만, 그 조선인은 마을의 서기였기에 아내는 도망을 가고 그는 정신이 나간 사람처럼 되어 식모와 살고 있다고 한다. 이 또한 경제적인 문제로 인해 벌어진 비극이다. 나는 내지인의 생활을 해야 한다는 사람에게는 내지인다운 모든 형식과 조건을 자유롭게 줘야 한다고 생각한다. 이런 말을 하면 뻔뻔하지만 나 자신도 경제적인 이유로 내지인다운 생활을 할 수가 없다. 내지인을 아내로 얻고 싶지만 가난해서 절대로 얻을 수 없을 것이다. 아니 평생 독신으로 살 작정이다.

둘째로 내선인 서로가 서로를 경멸하고 반목하기 때문이다. 지나사변으로 조선인도 국민적인 지위를 향상시킬 수 있었지만, 내지인은 조선인에게 은혜도 모르는 놈, 거짓말쟁이, 거지라는 선입관이 있어서 딸이 조선인 청년과 사랑이라도 하면 귀족의 딸이 XXX 놈과 사랑하는 것처럼 난리를 친다. 조선인 부모는 '내지인' 여성은 결코 상냥하지 않고 냉정하며 제멋대로인데다 '내지인'과 결혼하면 체면이 서지 않는 다는 등의 이유로 반대한다. 이런 관념적인 이유로 내선결혼은 실현 불가능해진다.

셋째로 법률적인 이유 때문이다.

조선인 남자가 내지인 부인과 결혼하면 그 아이는 조선인이 된다. 하지만 이를 정정하지 않는 이상 내선결혼은 뿌리 내리지 못할 것이다. 내선결혼으로 태어난 아이는 모두 내지인이 될 자격을 줘야 한다. 내지인 남자가 조선인 여성을 아내로 얻으면 잘

사는 이유가 이런 법률적인 이유가 작용하기 때문이다. 남자가 출세할 수 없는 가장 최악의 상황을 만들고 내지인 사회에서 경멸의 대상이 되는 것은 매우 안타까운 일이지만 조선인 남자가 내지인 부인을 아내로 얻는 경우이다. 내지인의 생활양식에 따라 아이를 키워 아이는 내지인다운 생활에 익숙해져 있는데도, 사회적 정치적인 부분에서는 조선인으로 존재하니 잘 될 리가 없다.

그 외에 종교적인 이유도 들 수가 있다. 그러나 이 경우는 정신적인 면의 일치문제라고도 할 수 있다. 크리스천들끼리 내선결혼에 성공한 경우도 있다. 그러나 니치렌(日蓮)의 딸이 자유사상을 가진 조선인 학생과 연애한다는 건 조금 상상하기 어렵다.

그 외에 풍속이나 습관의 차이가 방해가 되기도 하지만 이는 앞서 말한 대로이다.

7

이런 제약과 상관없이 우여곡절 끝에 이루어진 내선결혼의 성공은 내선일체의 필연적인 방향을 상징할 뿐 아니라 내선일체의 완성이 앞으로 더욱더 요구될 것이라는 사실을 말해 준다. 조선인의 생활이 내지인의 생활처럼 향상되고 발전된다면 내선인은 서로 더욱 사랑할 수 있을 것이다.

내선일체는 혈연의 환원이다! 내선인이 하나가 되어 술을 마시는 것처럼 서로 사랑해야 한다. 함께 울며 황군을 배웅한 조선인이여! 왜 더 사랑하지 않는가. 서로 사랑하자! 내선인 청년 남녀들이여!

지금은 내선일체의 정신적 완성이 요구되지만, 그다음으로 나는 생활적, 예술적인 완성을 바란다. 그리고 그다음에 정치적, 경제적 완성을 요구한다. 그리고 나서 내선결혼을 원한다. 예술적 완성으로 연애가 성립하면 그 연애는 생활적인 완성과 정치적인 완성을 바라게 되고 결국 내선결혼의 완성을 촉진시킬 것이다.

내가 일본을 사랑하고 내선일체를 절규하게 된 하나의 동기는 일본민중에 대한 한없는 애착 때문이다. 내선이 서로 사랑해야 할 필요를 더더욱 통감한다. 황국신민의 서사(誓詞)를 읽고 이를 진정으로 실천하기 위해서는 구체적으로 일본을 사랑하는 길 밖에 없다! 내선결혼은 그 하나의 표현이어야 한다.

이 문제는 정치와 경제적으로 더 논해야 하지만,
이번에는 문제의 근본에 흐르는 정신적인 부분에 대해서만 논했다.
나중에 원고를 달리해 통계 등을 이용한 연구를 해보고 싶다.

―文學士 玄永燮, 「內戰一体と内鮮相婚」, 『朝鮮及滿州』, 1938年 4月

조선여성의 가정문제

崔淳文

요즘 신문과 잡지 또는 저서에서 여성에 관한 기사와 논설을 많이 볼 수 있다. 이는 어떤 면에서는 시대사조의 심볼이라고 할 수 있을 것이다. 즉 언제부터인지 몰라도 전통적으로 답습되어 온 봉건적 가족제도의 한 흐름, 즉 남존여비와 부권부수(夫權婦隨)의 흐름을 다소나마 남녀동권으로 바꾸려는 강력한 반발의 표현이라고 할 수 있다. 또한 여자가 내면적으로 각성한 힘의 영향이기도 한다.

이 눈부신 가족제도의 개혁과 여성의 인간으로서의 자각은 전 세계의 이목을 집중시킨 세계전쟁의 결과이다. 밖에서는 모든 남자들이 국가를 위해 일하는 한편 안에서는 노소를 불문한 여자들이 전력을 다해 국가를 위해 일한 소산이다. 이 시대사조는 급속하게 조선에 흘러들어 왔다. 마이니치신문(每日新聞)에서 자주 거론되는 이혼 논쟁이나 과부의 재혼에 대한 인습에서 비롯되는 비극은 이를 설명해주는 것이라 할 수 있다.

이혼재판의 증가는 명백하게 여자가 인간으로 살아가려는 강한 표현이다. 이것이야말로 남편이나 아내의 부모가 그녀들의 심정에 대한 어떤 이해도 없이 손자를 봐서 대를 잇는 일을 가장 큰 기쁨으로 여기고 가문의 영광으로 생각하며 이른 나이에 억지로 결혼을 시키는 일에 대한, 즉 여자가 부모의 도구로 삼아지는 폐습에 대한 하나의 경고가 아니겠는가? "여자는 아무 쓸모가 없다."는 속담은 무너져간다. 실로 이혼의 증가는 조혼에서 이미 싹트고 있었던 것이다. 현대조선의 여성이 이런 나쁜 상태의 테두리 밖으로 더 멀리 도망가기 위해 정진한 결과로 사회에 새로운 파문을 던진 것이 이혼의 급증이다.

지금까지 이혼하는 여자를 신여성이라든지 남자에 대한 반역자라든지라고 했다. 여자 쪽에서는 이혼을 하기만 하면 자신이 구여성보다 뛰어나다든지 여권확장논자라 하며 일종의 자부심을 가진다. 시대는 진보하며 같은 이혼이라도 옛날과는 의미가 달라졌다. 소위 신여성들이 오랜 노력을 해온 보람이 있었는데, 그렇다면 남자보다 훨씬 밑바닥에서 권리 주장조차 생각할 수 없던 약한 여자를 문화사조에 감화시키고 법률상의 여자로서 하나의 사회인으로서 남성에게 새로운 요구를 하는 데까지 육성시킨 결과는 무엇일까? 이혼 그 자체는 옛날도 지금도 변함없지만 그 속에 포함되는 내용에는 차이가 있다. 2,30년 전보다 그 내용이 질적인 면에서도 양적인 면에서도 깊고 두터워졌다.

들리는 바에 따르면 이혼재판이 법정에 오르는 이유는 많은 남성들의 횡포인 축첩, 폭행, 모욕 등으로 남자가 남편으로 가정의 지배자 자격이 결여되어 있기 때문이다. 이혼은 매년 늘어가기만 하고 결코 줄지 않는다. 미국은 이혼국이라고 하지만 조선은 미국을 흉내 내어서는 안 된다. 왜냐하면 미국과 풍속습관의 차이가 있기 때문이다. 문명국으로서 이혼이 많은 것을 자랑으로 삼으면 안 된다. 오히려 줄어들기를 바라야 한다. 무엇을 가지고 이 증가를 막을 수 있을까? 굳이 제언을 해자면, 생활의 개선도 필요하겠지만 그보다는 남자가 이해있는 근대인으로서 수양을 하고 스스로 폭군인 태도를 버리며 명랑한 생활을 위한 노력을 해야 한다. 여자도 무조건 반항하는 태도를 버리고 한 가족의 주부로서의 책임을 생각해야 한다. 즉 서로 자기만 생각하는 감정을 버려야 한다는 것이다.

당국이 과부에 대한 적지 않은 폐해를 유감스럽게 생각해서 과부 재혼금지의 악풍을 타파하기 위해 적극적으로 나서고 있다는 사실을 요즘 들어 신문을 통해 자주 본다. 이는 실로 좋은 계획이다. 하루라도 빨리 낡은 인습을 타파하기를 바라마지 않는다. 이 재혼금지의 인습을 범죄의 측면에서 보면 여기에 하나하나 열거하지 않아도 알 것이다. 발생하는 범죄가 얼마나 많고 모든 범죄마다 사정은 다르겠지만 실로 동정을 금할 수 없다. 한번이라도 조선에서 이 인습이 타파될 수 없을까? 즉 과부가 남편이 죽은 후에 사회적 통념과 도덕적으로 일정한 시기를 경과했을 경우에는 자유롭게 아무런 비난도 받지 않고 재혼할 수 있다면, 간통으로 여아를 살인하거나 자살과 같은 패륜적인 범죄는 자연스럽게 줄어들고 사회는 점점 정화되어 갈 것이다. 범죄의 감소는 형사정책상으로도 기뻐할만한 현상이다.

반대로 다른 견지에서 보면 평생 이런 인습에 갇혀 생을 마치는 것은 그녀들에게도 큰 상처이며 그 이상의 고통은 없을 것이다. 그녀들을 구제할 방법은 인습에 대한 맹신을 배제해서 안심하고 생활할 수 있게 하는 것이다. 나중의 결혼생활이 옛날 결혼생활보다 나쁘게 될지도 모른다. 전 남편에게 여자가 있었는데 그녀를 데리고 재혼을 하게 되는 경우 여러 가지 문제가 일어나게 되고 부부 관계가 나빠지는 경우를 자주 본다. 이와 같은 문제도 양자의 이해에 따라 자연스럽게 해결해야 하는 게 아닐까?

부인은 한 남편만 섬겨야 한다는 규율이 자율적으로 지금까지 잘 실행되어왔다. 그러나 이 관례도 모든 경우에 적용되는 것은 아니다. 예를 들면 결혼 후 일주일도 지나지 않았는데 남편이 예상 못한 사고로 불의의 죽음을 맞이했을 경우이다. 과부의 재혼인 경우에는 조선의 유교적인 가르침을 파괴하는 것이라고 하여 사회에서 배척된다. 또는 과부의 가족은 그 주거지에서 멀리 떨어진 땅으로 이주해야만 했다. 그렇기 때문에 아무리 자신이 재혼을 하려고 해도 원하는 대로 되지 않았다. 거기서 자연스럽게 일종의 사회적 규율이 생긴 것이다. 과부가 재혼을 하지 않고 평생 독신을 지키는 경우가 많았고 지금까지는 대부분이 그랬다. 그녀들은 죽은 남편만을 따르는 절부(節婦)로 사회에서 표창을 받고 사후에는 비석을 세워 이를 칭찬하는 비문까지 쓸 정도였다. 즉 조선사회에서는 한 번 시집간 이상 남편 가족의 일원으로 남편에게 어떤 일이 있더라도 인연을 끊기는커녕 반항도 허용되지 않았다. 하물며 젊어서 남편이 죽어도 두 남편을 섬기지 않는다는 규율을 죽을 때까지 지킨다. 나쁘게 말하면 인생이 덧없게 되는 건 당연지사다. 그러면서 한편으로 부인이 시집을 가도 남편의 성을 따르지 못하고 여전히 예전 성을 사용한다는 것은 모순처럼 보인다. 왜냐하면 남편의 배우자가 되면 가족이 되어 마지막까지 남편의 집에 뼈를 묻어야 한다면 더더욱 남편의 성을 따라야 하는 것이 당연한 거 아닐까? 이 또한 전통적인 풍습 때문에 부녀가 예전 성을 버리고 남편의 성으로 바꾸는 일이 상당히 어려울지 모르겠다. 조선에서는 지금까지도 혈통(가문)에 대해 까다롭다.

아무튼 앞으로 돌아가 이혼의 증가나 재혼권유는 상반되는 현상처럼 보이지만 한 쪽은 여성의 자각에 한 쪽은 여성의 구제에 기인되는 것이다. 필자는 지금까지 두 문제를 다른 견지에서 보고 생각을 논했다.

― 弁護士・法學士 崔淳文,「朝鮮女性の家庭問題」,『朝鮮及満州』, 1935年 5月

가정을 통해 본 조선부인의 과거와 현재

田中德太郎

본고는 1936년 6월 10일 오후 2시 경성방송국을 통해 방송된 원고를 교정한 것이다.

지금부터 30년 전 내가 도쿄에 있으면서 조선어를 배울 때의 일입니다. 우리 선생님이었던 조중응(趙重應)이라는 분이 강사를 그만두고 조선으로 돌아가게 되었습니다. 그래서 평소 선생님의 문하에 있던 사람 20여 명이 어느 저녁 선생님을 찻집으로 초대했습니다. 송별회를 열었던 것입니다. 조 선생님은 한국의 명문가 출신으로 소론파의 쟁쟁한 정치가였습니다. 1897년에 법부의 형사국장으로 재임할 당시 정부와 의견을 달리해 궁정에서 미움을 받아 일본으로 망명했습니다. 외로움을 달래는 한편으로 교육 연구를 위해 도쿄외국어학교 한어(韓語)의 교사로 교편을 잡고 있었습니다.

당시 제국은 러시아와 전쟁을 시작해 결국 연전연승을 올렸습니다. 한국은 제국의 보호 하에 놓이고 이토후작은 통감에 임명되어 한국 제반 정치를 지도하는 큰 임무를 맡아 조선에 부임하게 되었습니다. 예전부터 이토후작이 인정하여 후한 대접을 받고 있던 조 선생님은 이토후작의 알선으로 잠시 본국으로 돌아가게 되었습니다. 조중응 씨는 귀국 후 법무대신으로 취임해 병합할 때에는 농상공부대신으로 공을 세워 자작(子爵)을 임명받습니다. 이분의 아내가 두 분으로 한 명은 조선부인, 한 명은 내지부인입니다. 황제폐하의 허락을 얻어 좌부인, 우부인이라고 칭하며 두 분 모두 자작의 내조에 공헌하셨습니다.

조 선생은 연회석상에서 우리 모두에게 인사를 겸한 하나의 안을 제안했습니다. 선생님의 이야기는,

나는 귀국(貴國)으로 망명을 해서 벌써 10년이 지났습니다. 그동안 귀국의 문물제도, 인정풍속을 보고 감탄할 때도 많았는데, 그중에 가장 감탄한 일은 부인활동입니다. 귀국의 부인은 가정에서는 현모양처인 동시에 한 가족 단란의 중심이 되어 가족의 화합을 도모하고 또한 힘든 가사일을 다스리며 남자를 도와 가운의 번영을 꾀합니다. 뿐만 아니라 스스로 직간접적으로 국가사회에 공헌하는 대단한 면이 있어, 오늘날 일본제국의 융성에는 부인의 역할도 크다고 생각합니다. 그런데 우리나라의 부인을 보면, 옛날 인습에 구애되어 규방 깊숙이 은거하며

일 년 내내 취사, 봉제, 세탁, 제사에만 몰두하고 아무런 수양
도 하지 않습니다. 그리고 일절 사회와 접촉하는 일도 없어서
세상 물정에도 어둡고 세상이 어떻게 돌아가는지도 모릅니다.
가정에 있는 사람으로서의 불만이 생기고 사회인으로서도 전
혀 도움이 되지 않는 실정입니다. 그래서 귀국을 하면 오로지
여자학교에 뜻을 두고 가정생활의 개선을 꾀함과 동시에 국가
사회의 공헌해도 힘을 쓰고 싶었습니다. 그러한 이유가 있어
오래전부터 어느 정도의 연구를 해왔지만 아직 충분하지 못한
부분이 있습니다. 따라서 여러분들과 같은 젊은 남성분들에게
여성관과 지도편달에 대한 의견을 묻고 싶습니다. 여러분의 기
탄없는 의견을 들려주신다면 저에게는 무엇보다 좋은 대접이
될 것입니다.

라는 열성적인 질문을 하셨습니다. 그래서 모두 각자 생각한 답
안을 말했습니다. 그중에는 남자별거를 철폐하고 어릴 때부터 자
유로운 교제를 시켜야 한다고 해서 선생님을 당황하게 한 사람도
있었습니다. 그 후 선생님은 귀국을 하실 때 정하신 방향을 향해
열성적으로 여자교육의 필요에 대해 역설하시며 가정개선을 위
해 노력하신 일은 세상 모든 사람들이 알고 있는 사실입니다. 우
리들도 다음 해에 조선으로 갔습니다. 선생님을 방문하고 선생님
의 뒤를 따라 조선부인의 실태를 보려고 노력했습니다. 또한 가
끔은 선생님의 지시를 받아 사안을 짜기도 했습니다.

당시의 조선부인으로 말할 것 같으면, 언제나 규방에서 은폐적인 생활을 하며 취사와 재봉, 세탁과 제사 등에만 몰두하며 일절 외출을 하지 않았습니다. 그래서 의류, 잡화, 식료품을 사오는 등 외부의 모든 일도 부인 스스로 하지 않고 남자에게 부탁하며 가장이 먼저 시작하지 않는 한 부부가 다정하게 담화를 나누는 일도 없습니다. 게다가 외부의 남성과는 일절 면접이 용서되지 않아 세상물정을 전혀 모릅니다. 한가할 때에는 유치한 책을 읽거나 수양을 위한 여자 행실록, 열녀전 등을 읽는 정도로 때때로 울적함을 달래기 위해 소문을 좋아하는 노파의 이야기를 듣든지, 무녀의 이야기를 듣거나 합니다. 외출은 대부분 안하지만 혹 외출할 경우에는 상류부인은 사방으로 몸을 감싸고 가마를 타고 하녀와 동행합니다. 보통 양반의 부인은 치마라는 하얀 하카마를 둘러쓰고 다니며 모든 남성에게 얼굴을 보이지 않도록 눈 부분만 남겨두고 얼굴을 뒤집어씁니다.

이에 반해 남자는 자유롭게 외출을 하고 유흥행락을 원하는 대로 즐깁니다. 누구도 이를 이상하게 생각지 않고 부인은 한마디의 항의도 못하는 상황을 봤습니다. 남녀에 따라 생활의 현격한 차이가 있으며 존비의 차도 심해서 경악을 금치 못할 정도였습니다. 이러한 제도와 습관으로 행해진 일들을 조사해보니 모두가 유교에서 비롯된 것이었습니다.

소위 남존여비에 관한 문헌을 보면, 시경(詩經)의 소아편(小雅編)

사간(斯干) 시에,

> 하나, 내생남자 재침지상 (乃生男子 載寢之牀)
> 재롱지장 기읍황황 (載弄之璋 其泣喤喤)
> 둘, 내생여자 재침지지 (乃生女子 載寢之地)
> 재의지석 재롱지와 (載衣之裼 載弄之瓦)
> 무비무의 유주식시의 무부모이리 (無非無儀 唯酒食是議 無父母詒罹)

이 시를 해석하면 남자아이가 태어나면 소중하게 침대에서 재우고 저고리를 입혀 구슬을 쥐어라, 그 울음소리 우렁차고 용감하며 옷이 휘황찬란하여 실로 집안의 군왕이로다. 여자아이가 태어나면 맨 땅에 재우고 베로 만든 포대기 즉 초라한 '기저귀'로 둘러싸서 실감개를 쥐어준다. 좋지도 않고 나쁘지도 않고 단지 부엌에서 식사 만드는 일에 종사하고 부모의 걱정거리가 되지 않으면 좋다는 뜻입니다. 게다가 글의 주석에 남자를 존중하고 여자를 멸시하는 의미라고 써 있습니다. 이 시는 3천 년 전에 만들어진 것으로 게다가 공자님의 검열을 거쳤으니까, 남존여비는 남녀가 태어나면서 생긴 차별을 유교에 따라 확연하게 인정한 것임을 알 수 있습니다. 오늘날 지나인이나 조선인의 출산 인사에 남자가 태어나면 '지장의 경' 즉 '구슬을 쥐어줄 경사'라 하고 여자아이가 태어나면 '롱와의 경' 즉 '실타래를 쥐어줄 경사'라고 합니다. 부인 여러분, 특히 새로운 사상의 부인분일수록 분하다는 생각이 안 드십니까? 게다가 남자를 주(主)로 하고 여자를 종(從)으로 삼는 이유에 대해서는 예기 교특생편(郊特牲編)에 다음과 같이 적혀 있습니다.

하나, 남자는 여자를 이끌고 여자는 남자를 따라야 한다. 이로부터 부부의 덕이 시작된다.

둘, 여자는 다른 사람을 따라야 하며 어려서는 부모를 따르고 결혼해서는 남편을 따르고 남편이 죽으면 자식을 따라야 한다. (여자 삼종의 도리)

셋, 남자가 여자보다 앞서는 것은 강함과 부드러움의 도리이다. 하늘이 땅 보다 앞서는 것, 임금이 신하 보다 앞서는 것도 그 도리중 하나이다.

이렇게 적혀 있습니다. 게다가 남녀는 별거해야 한다는 말에 대해서는 예기의 내칙편(內則編)에,

부부간에는 조심하여 삼가는데서 예가 시작된다. 규방을 만들 때 내외를 분별하여 남자는 밖에 거하고 여자는 안에 거하며, 규방을 깊게 두고 문을 단단하게 하여 그 문을 수문장이 지키어 남자는 들어가지 못하게 하고 여자는 나오지 못하게 한다.

남자는 열 살이 넘으면 밖으로 내 보내고, 여자는 열 살이

넘으면 밖으로 보내지 않는다.

고 여러분도 알고 있는 것처럼 조선인의 집에는 부인의 방인 규방과 남자의 방인 사랑이라는 내외의 구별이 확실하게 있습니다. 남자의 방에서 여자의 방을 몰래 훔쳐보지 못하게 되어 있습니다. 여자는 안사람, 남자는 바깥사람으로 정해져 남녀 별거가 내외법이며 부부라 함은 내외를 말합니다. 조선인은 일부부(一夫婦)를 일내외(一內外), 이부부(二夫婦)를 이내외(二內外)라 합니다.

내외법이 엄격하게 이루어지던 시절에는 남자가 어느 남자를 방문하여 전갈을 부탁할 때, 주인이 부재한다고 해서 외래의 남자 손님을 부인이 마중 나와서도 안 되고 직접 담화를 나누는 일도 금지되어 있습니다. 그래서 중간에 남자하인을 세우는 형식으로,

밖에서 "부탁하네."

(누구십니까 하고 묻는 것은 직접 건네는 말이 되기 때문에)

안에서 "어느 분인지 그리고 어디서 오셨는지 여쭤 보거라."

(라고 남자하인에게 전합니다)

밖에서 "광화문의 이 모가 찾아뵈었다고 여쭈어라."

(하고 역시 남자하인에게 전하는 말)

그리고,

안에서 "서방님께서는 지금 출타중이라고 여쭈어라."

64

밖에서 "언제 돌아오시는지 여쭈어라."

안에서 "오늘 밤 돌아오신다고 여쭈어라."

밖에서 "그럼 내일 아침에 다시 찾아뵙겠다고 여쭈어라."

대화가 이와 같은 형식인데 오늘날에도 여전히 이처럼 하고 있는 사람이 많이 있습니다.

내외법을 엄수하는 방법으로 집의 건축에까지 제한이 가해져 구시대에는 2층 건물의 건축을 허용하지 않았습니다. 1층도 아무나 함부로 집을 높게 짓는 일이 불가능했습니다. 이는 옆집 규방이 담을 넘어 보여서는 안 되기 때문입니다.

이처럼 내외법이 엄격하게 행해져 양가집 규수가 평생 다른 남자에게 얼굴을 보이는 일은 없었습니다. 만약 병이라도 걸리면 환자인 부인은 맥을 짚어야 할 의사를 옆방에 두고 하얀 천으로 감싼 손목을 맹장지 사이로 내밀고, 의사는 손목을 감싼 하얀 천 위로 맥박을 짚어 진단을 합니다. 게다가 고귀한 여성의 진찰은 사맥(絲脈)이라 하여 비단실을 환자의 맥 근처에 묶고 그 끝을 몇 개의 방을 건너 있는 의사가 짚어 진찰을 했다고 합니다. 하지만 이런 진료법은 꽤 옛날 것으로 우리들은 본 적이 없습니다.

내외법이 엄수되어 발생한 재미있는 이야기가 있습니다. 남편이나 아버지나 형제 외의 남자얼굴을 본 적이 없는 젊은 아가씨가 5월 단오에 '그네'를 타다 옆집 남자의 얼굴을 보고 반했다는 이야기, 또는 양반의 젊은 아가씨가 늘 그렇듯 단오에 집 정원에

'그네'를 달고 다른 아가씨들과 그네를 타고 높게 오르다 옆집 정원에 남자치고 얼굴이 너무나 곱게 생긴, 여자치고는 복장이 다른 사람이 두세 명 놀고 있는 것을 보았습니다. 이를 본 젊은 아가씨는 남자인지 여자인지 궁금해져 옆에 있는 하녀에게 물어보자 하녀는 남자라고 대답했습니다. 그래서 아가씨는 너무 이상해서 "어렸을 적부터 이렇게 아름다운 남자를 본 적이 없어. 남자라는 건 전부 시커멓고 못생겼다고 생각했었는데. 내 남편도 시아버님도 친정아버지도 오빠도 모두 못생긴 얼굴이라 세상 남자 모두 못생긴 줄 알았는데 그런데 세상에는 잘생긴 미남도 있구나." 하고 옆집 청년의 미모에 잠시 넋이 나갔다고 하는 이야기도 있습니다. 외부와의 접촉이 전혀 없다는 사실은 이런 이야기를 통해 추측할 수가 있습니다.

다음으로 구시대 여자의 가정교육에 대해 말씀드리겠습니다. 우선 언문을 배우고, 천자문, 여자행실록이라 부르는 오륜의 덕에 관한 언문책을 읽게 합니다. 그리고 나아가 소학, 효경, 열녀전 등을 가르칩니다. 상류가정에서는 논어, 맹자, 예기 등을 학습하게 하는 사람도 있지만, 이런 경우는 아주 소수입니다.

다시 말해 상류가정에서는 시어머니에게 예의를 갖추고 시키는 일을 식모처럼 충실하게 잘하도록 가르치지만, 남편에게는 양처이고 자식에게는 현모여야 한다는 가르침에는 별로 주력하지 않은 것 같습니다. 그렇기 때문에 시어머니에게는 아주 애교가

66

넘치고 눈치 빠르게 행동하지만 가장 중요한 남편에게는 무뚝뚝하고 작은 애교도 보이지 않습니다. 물론 시어머니에게 지켜야할 예의가 있고 남편에게 치덕치덕 거리는 태도는 조심해야 한다고는 하지만 부부 사이에 나누어야 할 담화도 거의 없다고 할 수 있습니다. 따라서 부부간의 애정이 농후해질 수 없으며 결국에 남편이 첩을 찾는 상황이 되는 것입니다. 이 기회를 빌려서 첩에 대해 잠시 말씀드리겠습니다. 남자가 아내를 얻어 10년이 지나도 사내아이를 낳지 못하는 경우 아내의 허락을 받아 또는 아내가 권해서 아내 대신 아이를 낳을 처녀를 맞이하여 일정한 결혼식을 올리는 부실(副室)이라는 관습이 있습니다. 그 부실로 사내아이가 태어나면 당연히 본처의 아이로 입적을 시킵니다. 이 부실은 첩 또는 소실(小室)이라고도 하는데, 공식적으로는 양첩(良妾)이라고 합니다.

그리고 유교주의인 조선에서 자식은 항상 부모의 슬하에 있으면서 효도를 해야 합니다. 따라서 만약 관리에 임용이 되어 지방으로 부임하게 될 경우에는 자신을 대신해서 부모에게 효도해야 할 부인을 집에 남겨두고 홀로 부임하는 것이 통례입니다. 부임을 해보면 남녀칠세부동석이라는 법이 있어 근처에 여자 같은 사람은 한 명도 없고 집안일을 돌봐줄 사람도 없습니다. 식사에도 여자의 시중이 없으며 술을 마실 때에도 따라 줄 사람이 없는 형편입니다. 젊은 남성에게는 견디기 힘든 일이기에 중요한 지방

관청 소재지에는 이들 지방관을 위안하기 위한 관기라 하는 여성을 두고 있습니다.

그녀들은 병을 돌본다든지 집안일을 돌본다든지 하는데 만약 재임 중에 아이가 태어나면 고향으로 데리고 가 첩으로 삼습니다. 이를 일반적으로 소실이라고 칭하고 공식적으로는 천첩(賤妾)이라고 합니다. 또한 문벌가문에서는 여자의 용모나 나이 또는 사상이 고려되지 않은 채 무리하게 결혼을 시키는 경우도 있습니다. 그들은 불만이 생겨 처녀를 첩으로 들이는데, 이런 경우에도 천첩이라고 합니다. 단 갑오개혁 즉 1894년 정치개혁을 할 때 이런 양첩천첩의 이름은 전부 폐지하고, 단 이 말을 쓰게 될 때에는 첩 또는 소실로 부르게 되었습니다. 그리고 관기도 갑오년에 폐지되어 일반 기생이라고 칭하게 됩니다.

내지인은 조선인 첩을 들이는 일에 대해 좋지 않은 행실이라고 합니다. 하지만 앞서 말한 것처럼 조선에 유교의 구속이 있다 해도 간호부나 하녀는 멀리할 수 없고 대부분의 기생이나 다른 여성들은 일상생활을 함께 할 수 없기 때문에 첩이라는 것을 받아들일 수밖에 없는 실정입니다. 이런 사정을 살피지 않고 좋지 않은 행실이라고 비난하는 데에는 무리가 있습니다.

이상은 구시대 조선부인 생활의 단면입니다. 이렇게 엄격한 내외법은 파괴되고 일정 기간의 과정을 거쳐 오늘날 같은 명료한 생활에 이르게 되었습니다. 그 과정의 실상에 대해서 말씀드리려고 했는데, 시간 관계상 보류해야 함을 유감스럽게 생각합니다.
그러나 다른 기회가 생기면 다시 말씀 드리겠습니다.

—田中德太郎, 「家庭に於ける朝鮮婦人の過去及現在」, 『朝鮮及滿州』, 1936年 8月

조선인의 가정생활을 검토하다

X·Y·Z

1

여기서 말하는 가정생활이란 홈 라이프에 관한 또는 홈 라이프보다 한층 더 광범위한 의미를 지닌 패밀리 라이프의 의미이다. 조선인 가정생활의 형식적인 부분에 대해서는 대부분의 독자도 잘 알고 있을 테니까, 나는 조선인 가정생활 속에 흐르는 관념형태를 규명하고 해부해서 장래에 대한 전망을 해보려고 한다.

조선에 관한 여러 가지 조사가 다소 완성되었다고 해도 좋을 것이다. 경제생활 또는 민간관습과 신앙 및 역사 등 세세한 부분까지 연구가 되었다. 그러나 조선인을 결정하는 요소 중 가장 중요한 하나는 그들의 가정생활과 가족생활이다. 이나바 구잔(稻葉君山)13) 박사가 쓴 「조선주인고(朝鮮疇人考)」, 「조선족제(朝鮮族制)」라는 논문이나 중추원에서 편찬한 『조선의 성명씨명에 관한 조사(朝鮮

の姓名氏名に關する調査)』등은 조선인 가족생활에 관한 연구서이다. 하지만 지금까지 발표된 논문을 보면 가족생활의 본질이나 내용보다도 대부분 형식적인 부분에 대해 언급하고 있다. 나는 조선사에 관한 지식이 너무나 빈약하기에 가족생활의 기원이나 역사보다도 주로 현대의 가족생활 상태에 대해 논하려고 한다.

오늘날과 같은 가족생활의 형태는 이조시대에 완성된 것이라고 할 수 있다. 특히 유교철학이 국가의 지도원리가 되면서 지배계급인 양반계급은 가계에 대한 존중을 이유로 성씨가 중심이 되어 다른 성을 배척해버리고 결국에는 동서남북 당파로 분열되면서 세력싸움으로 번져 격전을 벌이는 딱한 상황이 되었다. 20세기가 되어도 조선인 출판계 1위를 차지하는 것은 족보(가계도)이다. 따라서 조선인 생활을 이해하기 위해서는 무엇보다도 가족생활을 이해할 필요가 있다. 필자는 그 생활의 대부분을 완전히 부정하는 입장이다. 독자는 필자의 극단적인 입장을 비난할지 모르겠지만 필자는 가족생활의 패악으로 비뚤어지고 희생을 당한 사람이다. 직접 그 생활 속에 들어가 본적이 없는 사람에게는 조선인의 가족생활이 얼마나 악독하고 도를 넘어 서는지 상상도 할 수 없을 것이다. 내지의 가족제도를 들어 조선과 비교하는 것은

---

13) 이나바 구잔(稻葉君山, 1876-1940년) : 메이지후기 중국역사학자, 불교학자. 조선관련 저서에 한국병합사연구자료36(韓國併合史研究資料)인 『조선의 계 조선 성의 유래(朝鮮の契 朝鮮の姓の由來)』(조선총독부 편, 이나바 구잔 편저)와 『조선 문화사연구(朝鮮文化史研究)』(1925)가 있다.

전혀 다른 문제라는 점은 미리 염두에 두길 바란다.

2

조선을 망하게 한 것은 유교이다. 진보적인 입장에 선 사람들은 유교를 부정할 수밖에 없다. 루쉰은 지나의 가족제도 이데올로기인 유교를 죽을 때까지 저주했다. 필자도 동감이다. 심전개발에 유교나 기독교를 부흥시키려고 하는 것은 좋지만 유교부흥에는 문제가 있다. 진정한 유교정신이 있었다면 조선인이 그 정도로 음침하고 참혹하고 퇴폐적이며 위축되지는 않았을지도 모른다. 진정한 정신이 몰각된 형태로 흘러왔기 때문에 조선인 생활에 독이 된 것이다.

일본도덕론을 쓴 니시무라 시게키(西村茂樹)[14]라는 사람은 이미 1886년에 조선가족생활에 메스를 댄다. 아니 그보다 이른 시기에 후쿠자와(福澤諭吉) 등에 의해 많은 누습(陋習)은 교정될 운명이었다.

아동보호에 관한 요구와 같은 것이 생겨나고 있는데, 조선의

---

14) 니시무라 시게키(西村茂樹, 1828년 4월 26일-1902년 8월 18일) : 메이지시대 계몽사상가이고 교육자이며 문학박사. 도덕진흥단체인 「일본홍도회(日本弘道會)」 창설자.

가정에서 아이들의 운명은 비참한데다 조금도 사랑을 받지 못하고 자란다. 특히 양반계급에서는 아이들을 안아주는 것도 아버지의 수치이다. 옛날부터 조혼이 성행하고 대가족주의여서 몇 대나 되는 가족이 한 집에서 생활한다. 따라서 부모를 존경하지 않으면서 아이를 예뻐하는 일이 죄가 되는 것이다. 인간은 본능적으로 아이가 사랑스러울 텐데 그 사랑을 수백 년 동안 억눌러왔기에 아이들을 대하는 태도가 차가운 것은 당연하다. 필자는 아버지 품에 안긴 기억이 없다. 명령하고 강요하고 화를 내는 일 외에는 아무것도 하지 않는 사람이 조선인 '아버지'의 역할이라니 말도 안 된다. 연애 없는 결혼이라 기계적으로 아이를 낳기 때문에 본능적으로 첩이 갖고 싶어지는 모양이다. 그래서 본처나 본처의 자식들은 정신적으로 사랑을 받지 못한다. 또한 아버지가 죽은 후 서자의 지위는 너무나 비참하다. 서자와 적자 사이에서는 싸움이 끊이지 않는다.

양반은 돈이 없어도 논밭을 팔아 아들을 조혼시키고 성대한 장례식을 치른다. 조선인 부채의 대부분은 관혼상제에 사용된 빚이다. 대부분의 중산계급이 몰락한 원인은 조혼과 축첩, 제사에 낭비했기 때문이지 외래자본의 압박은 아니다. 양반 중 어떤 사람은 생전에 무덤을 만들어 놓는데, 죽은 다음 자식이 큰 무덤을 만들어 주지 않을지도 모른다는 걱정이 들어 무덤을 파는 것이다. 조선인은 글자 그대로, 그리고 여러 가지 의미로 자신의 무덤을 파고 있다. 그들이 빈곤한 이유가 일본정책 때문은 절대 아니다. 그들의 생각이 졸렬하기 때문이다. 주관적인 편견이 지나친 견해일지 모르지만 사실이다.

필자의 가족은 중산계급으로 몰락했는데 그 원인을 보면 결혼과 제사, 축첩 때문이다. 2, 30집의 친척들도 전부 몰락했는데 그 원인은 대동소이이다. 육체도 발달하지 않고 아내와 자식을 부양할만한 재산도 없는데 결혼을 해서 가족 수만 늘리니 평생 곤궁해진다. 게다가 부모가 그런 결정을 한다. 5, 6년 전까지 경성제국대학 조선인학생의 80퍼센트가 기혼자였다니 놀랄만한 일이다. 특히 시골에서는 조혼 때문에 중학생인데도 결혼을 한다. "삼십이유실(三十而有室)"이라는 소학의 말은 모르겠다는 표정으로 유생(儒生)인척하고 있으니, 공자나 주자가 지하에서 통곡할 일이다.

기독교 가정에서는 유교적인 누습을 없앴지만 사회주의를 부르짖으면서 생활감정은 여전히 유교적인 가정도 상당히 많다. 실로 조선인은 본능적으로 유교적이다. 우리들은 조상숭배와 더불어 자손숭배를 주장하지만 새로운 사상을 가진 사람도 조상을 공경하고 우러르는 마음이 강하다. 서로 가문을 자랑하거나 한다.

자손을 존중하는 마음은 조금도 없으면서 아이들에게 의지하는 경향은 여전히 강하다. 아베 이소오(安部磯雄)[15] 씨는 조선은 아

---

15) 아베 이소오(安部磯雄, 1865년 3월 1일-1949년 2월 10일) : 사회주의자, 기독교적인 인도주의 입장에서 활발하게 사회주의를 선전하는 일본사회주의운동의

파트에 사는 일은 생각도 할 수 없다. 한 가족이 함께 사는 풍습은 지나에서 왔지만, 조선은 지나 이상으로 발달해서 실로 비참할 정도라고 한다. 과거에 한국장교였던 어떤 사람은 퇴직금을 모두 써버리고 서른부터 놀기 시작해 자식이 열 두세 살부터 견습 점원으로 일을 시켜 그 덕에 먹고 산다고 한다. 특히 장남은 유용한 인재임에도 불구하고 한 가족을 먹여 살리기 위해 온갖 고생을 다한다. 병합전후로 태어난 청년은 아닐지도 모르지만, 이런 경우가 일반적으로 연장자는 대부분 자식에게 기댄다. 이런 자립심 없는 성향이 다시 청소년에게 유전되고 있어서 조선인 제자를 교육하는 사람들은 특히 유의해야 한다. "내 일은 내가 알아서 하자."고 수신교과서에서 가르치고는 있지만 내지보다 더욱 강조했으면 좋겠다. 자식을 교육시키지 않고 첩만 끼고도는 아버지를 소송한 사건을 최근 신문에서 전하고 있는데, 자식에 대한 책임감 같은 것은 눈곱만큼도 없다. 축첩은 방탕하다. 사내아이를 만든다는 유교적인 이유로 기생이나 미망인을 두둔하고 있다. 유교는 이런 것이 아니었던 게 분명하다. 필자는 타파 유교의 슬로건을 평생 간직하고 싸워나가려고 결심할 정도로 유교의 패악을 몸으로 느낀 사람이다.

선구자였다.

3

　조선의 가정생활에서는 여성을 노예시한다. 게다가 유교에는 남존여비 사상이 있어서 여자에게는 언문 외에는 아무것도 가르치지 않고 남자의 도구로만 생각한다. 남자는 몇 명의 축첩을 두던 자유인데 부녀자는 부사불가(夫死不嫁)의 법도를 따라야 했다. 지금도 갓난아이를 죽이는 사건이 하루에 한 건 정도는 신문에 나오는데, 이는 과부가 세상이 부끄러워 사생아를 압살하는 악습이 여전히 존재한다는 증거이다. 이런 예만 봐도 유교사상이 얼마나 민중의 머릿속을 지배하고 있는지 상상할 수 있을 것이다. 조선의 미망인 생활은 인도보다는 아주 조금 행복할지도 모르지만 과거에는 정말 비참한 위치에 있었다. 재혼은 생각할 수도 없었다.

　각시라는 건 시어머니의 시중을 드는 사람과 하등의 차가 없다. 이렇게까지 인간성을 압박하고 살육해버려서 어딘가 냉랭한 기운이 서리는 한 송이 음험(陰險)한 부인이 생겨난 것이다. 조선 부인의 미는 대리석처럼 차가운 미로 풍만함도 없고 넘치는 애교도 없으며 타오르는 열정도 없다. 신여성도 소수의 예외를 제외하면 구태의연하고 정신적인 진보가 없다. 수백 년간 압박당해 왔기에 완전히 생명력이 닳아 없어진 것이다. 조선인이 무기력한 원인은 다양한데, 이런 피압박여성의 생활태도에서도 기인한다. 따라서 대부분 가족제도에 원인이 있다고 할 수 있다. 남편도 자식도 사랑하지 않고 그렇다고 사회의식이 강한 것도 아닌 이도저도 아닌 부인들이 다수를 차지한다. 그래서 남편을 매춘부들에게 **빼앗기는** 거다. 자식에게 생활에 대한 강한 자각을 가르치는 일도 못한다. 개성을 완전히 죽이고 기계적으로 예로부터 내려오는 가정생활을 따른다. ─ 순종적이지도 않다. 언제나 불평불만을 말한다. 이것이 대부분 여성들의 생활태도이다. 그래서 곤란한 일을 당하면 당황해하기만 하고 앞날을 개척하려는 의지가 없다. 이와 같은 봉건적인 여성에게는 자유주의가 필요하다. 우선 확고한 여성으로서의 인격을 획득할 수 있도록 인도해야 한다. 사회와 국가에 대한 의식은 그 다음 문제이다.

그녀들은 가정에서 아무런 발언권이 없다. 남은 밥을 처리하는 일과 시어머니나 남편 시중드는 일만 한다. 어떤 면에서는 가엾다는 생각이 들어 진보적인 남성이라면 누구든 페미니스트가 될 수밖에 없다. 하지만 그녀들의 무기력과 방침이 없는 모습에는 화가 난다. 조선부인이 부엌일이나 빨래를 하는 노예인 이상 조선인의 가정은 명랑해질 수 없다. 그녀들에게도 책임이 따른 자유를 주어 새로운 시대에서 싸워나갈 수 있는 각오를 할 수 있도록 지도할 필요가 있다. 특히 여자교육에 종사하는 사람들은 그녀들의 정신도야가 얼마나 필요한지를 인식해야 한다. 우리들 조선인 남자는 내지인 생활에 접촉할 기회가 그녀들보다 많은 만큼 자신들의 결점을 잘 알지만, 그녀들은 이런 자극이 적기 때문에 남자들보다 상당히 뒤처져있다. 특히 여학교 출신 신여성의 무자 각함이 도를 넘어선다. 아무런 이상도 없는 것처럼 보인다. 편한 생활 정도가 이상이라면 이상일 것이다. 나는 조선인 가족제도의 결점이 그녀들을 지금처럼 저속하게 만들었다고 생각한다.

4

이조시대의 악덕정치와 유교적 이데올로기가 원인이 되어 본 관―간단하게 설명하면 조상이 같다는 것을 표시하기 위해서 조상이 살던 토지에 성을 붙여 이것을 가지고 '일가(一家)'족을 정 한다―이 같은 사람이 종중회(宗中會)를 만들어 조상을 중심으로 상호부조단결을 하지만, 그 종중사상의 발달이 조선인에게서 모 든 국가의식과 사회의식을 박탈한 요소였다. 종중회라는 것은 공 동재산을 만들어 조상 모시는 일을 중요한 목적으로 하며 친척들 에 대한 도덕적 제재력을 가지고 있다. 동성동본은 결혼할 수 없 다. 내지라면 사촌끼리도 결혼이 가능한데 조선에서는 훨씬 먼 관계의 친척도 절대로 결혼할 수 없다. 이처럼 인간성을 억누르는 역할을 '일가'라는 것이 하고 있다. 무슨 대동보소(大同譜所)라는 단체는 조상을 중심으로 모인다는 단체인데, 족보를 만들어 팔아 금전을 착취하는 것이 목적이다. 족보를 가지면 양반이 된다는 관념을 이용하고 있어서 서생무리가 모여든다. 이름까지 세대에 따라 맞춘다. 예를 들면 종우(鐘雨)·종준(鐘駿)·종만(鍾万), 봉석(鳳錫)·귀석(貴錫)·규석(奎錫)처럼 이름의 한 글자를 맞춘다. 이 때문에 조선에는 성과 이름이 같은 사람이 많은데, 그것은 생활관계상 종중회가 옛날처럼 발달하지 못해서 서로 연락을 할 수 없기 때문이다.

종중을 만든 목적이 편협한 가족주의적 에고이즘이고 비속주의(卑俗主義)이기 때문에 서로 조상을 자랑하며 다른 성을 경멸하는 일이 지나쳐 국민적 단결 또는 사회적 단결을 저해한다. 출발점이 이처럼 불건전하기 때문에 오늘날 친척끼리 소송만 하고 있는 형편이다. 시대의 진보와 더불어 동성동본이 분열해서 자신의 2, 3대 위 조상만을 중심으로 촌수가 먼 사람은 배척하는 경향이 나타나는데, 결국 이기주의에서 비롯된 것은 이기주의로 돌아오는 것이다. 필자는 이런 면들이 조선인의 성격을 결정했다고 생각한다. 조상을 숭배하는 일은 아주 좋은 일로 정신적인 면에서는 과거의 양반들보다 훨씬 숭배해도 좋지만, 그 때문에 다른 동포를 벌레처럼 볼 필요는 없다. 신교육을 받은 조선의 청년들은 이 관념을 철저히 청산하도록 지도해야 하는데 턱없이 부족하다. 조선인사회에서는 어떤 협조정신도 없고, 모든 것을 동사시키는 차가운 물질적 이기주의만을 발견할 수 있다. "모든 것을 얻기 위해서는 모든 것을 포기하라."는 사상은 필경 조선인에게는 쉽게 이해할 수 없는 관념일 것이다. 조선인 공산주의가 단속 대상이 된 모양인데, 이 사상은 조선인의 역사적 성격에서 보면 도저히 용납할 수 없는 것이라 단속하지 않아도 말라죽을 것이 분명하다. 또한 신사상 운운하는 조선인도 자신들의 가족생활이 얼마나 반사회적인 요소를 가지고 있는지에 대해 너무나 인식이 부족하다. 사물을 까다롭게 보는 문학에 종사하는 사람들에게는 루쉰처럼 가족주의 철학인 유교의 폭위(暴威)에 대해 민감해질 수밖에 없다. 버트런트 러셀(Bertrand Arthur William Russell)은 저서 "The Problems of China"를 통해 지나의 병폐는 지나 가족제도에 있다고 했다. 필자도 동감이다. 조선인 병폐도 그 가족생활에 있기 때문이다. 조선인이 몰락하는 이유는 가족생활의 졸렬함 때문이다. 필자는 내지인 가족생활의 현재 상황에 대한 의견은 불충분하지만, 적어도 조선인 가족생활도 내지인 가족생활 정도로 개조해야 한다고 생각한다.

5

마지막으로 조선인 가족생활 개혁에 대한 소견을 말하고자 한다.

조선인은 아이에게 이름을 붙일 때 수복(壽福)·효순(孝順)·충선(忠善)·효숙(孝淑)처럼 가족에 대한 의무를 최우선으로 생각해서 자식의 이름에서도 이를 나타낸다. 자신의 가족만 번성하면 그것으로 족해서 최고의 목적은 가족의 번영이다. 이 목적만 달성되면 국가나 사회는 어떻게 되든 상관없고, 어렸을 때부터 사회의식이나 국가의식 같은 것은 조금도 가르치지 않는다. 하물며 인류의식은 더하다. 가족주의적 이기주의가 발달한 곳에는 종교의식도 싹트지 않는다. 종교는 보다 큰 우주의식이고 원시종교에서는 사회적 단결의 상징이기도 했다. 조선인은 종교의식이 약하다. 그러면서 원시적 민간신앙―무당이나 점쟁이 또는 풍수사상―은 창궐해서 결국에는 손을 쓸 수가 없게 된다. 미신이 없고 종교가 없다면 괜찮지만 종교는 없는데 미신만 있으니 오히려 종교가 성한 편이 낫다. 수신제가치국평천하라는 말이 있지만, 제가(齊家)에만 전심을 다하는 것이 조선인 가족생활이다. 인격도 개성도 자유도 사회도 국가도 희생도 협동도 모든 것들이 마이동풍이었다. 개인적인 의식도 사회적인 의식도 발달하지 못하고 가문이라는 독소만 멋대로 발달해서 Iimperium in imperio(제국 내의 제국)을 형성하고 있다. 사회가 미약해지고 목적이나 이상을 소실하는 것은 당연하다. 연대적이고 끈끈한 결합이 사회에서 소멸하고 존재하는 것은 각 가족 간의 질시반목과 보기흉한 세력경쟁이다.

일한병합에 의해 양반계급의 압박으로 고통 받던 서민계급은 법률 앞에서 평등해졌다. 그렇지만 사회적인 습관이나 가정생활은 여전히 남아 있다. 지금도 지주계급은 소작인에게 봉건적인 압박을 가하는데, 가족생활에서도 가장이 비속(卑屬)을 압박하여 자유나 사랑의 정신은 볼 수가 없다.

조상숭배가 나쁜 일은 아니다. 그것보다도 자손숭배가 필요하다. 아동이 다음 세대에 충분히 활동하게 하기 위해서는 지금과 같은 폭압주의는 안 된다. 지금 조금이라도 아동이나 청년들의 개성을 존중하고 다소나마 그들의 의무가 사회적인 방향이 될 수 있도록 지도해야 한다. 또한 가족생활에서 부인의 지위를 조금 끌어올리도록 노력해야 한다. 부인도 가정에서 발언권을 가져야 하는데, 조선에서는 월급봉투를 전부 아내에게 주는 경우는 드물다. 아내에게 자유를 주지 않기 때문에 자신들도 진정한 자유를 누릴 수 없다는 사실을 자각하지 못한다.

결혼도 조선 청년은 비참하다. 맞선이 생기긴 했지만 지금까지는 그것조차도 불가능했을 정도로 가족생활은 개인의 의사를 무시했다. 자유연애는 창부만 가능했다. 기독교에 따라 남녀의 접촉이 이루어지고 기독교인끼리는 다소간의 자유연애가 가능해졌지만 기독교인이 아닌 일반 유교적 가정에서 자란 우리들에게 연애라는 말은 다른 나라 언어이다. 따라서 여자를 보는 눈도 길러지지 않았고, 여성과 접촉만하면 바로 연애에 빠져서 실패를 하는 것이다. 연애나 결혼의 부자유에는 사회경제적 원인도 있겠지만, 가족생활 또한 부자연스러운 연애나 강제적인 결혼을 낳는다. 가족생활의 결함을 없애지 않는 한 진정한 연애도 진정한 결혼도 있을 수 없다.

조선인 생활은 유교생활이라 해도 좋을 만큼 조선인은 본능적으로 유교적이다. 현대의 폐해는 그 부패에 따른 결과로 우선 유교정신을 근대 자유주의적 정신으로 씻어낼 필요가 있다. 이를 통해 가족생활의 결점도 폐기될 수 있을 것이다. 적어도 내지인의 현 가족제도까지 끌어올릴 필요가 있다. 내지인이 가진 개인의 자유와 독립이 가족생활 안에서 보장되어야 한다.

우선 조선인 호적법을 개정해서 조금이라도 자유로워져야 한다. 사촌 간의 결혼이나 동성결혼과 같은 것을 허가해야 한다. 오랫동안 전해져온 관습을 지나치게 존중하는 경향이 있다. 중추원에 모인 노인들의 목소리만 들어서는 안 된다. 우리들 청년의 요구에도 귀를 기울일 필요가 있다. 이제 유생들이 지배하던 시대는 과거가 되었다.

—X·Y·Z, 「朝鮮人の家族生活を檢討する」, 『朝鮮及滿州』, 1937年 1月

2부
신시대가
요구하는 여성담

신시대의 여성과 교육

京城帝國大學校敎授 松月秀雄

머리말

나는 여학교 교육의 실제를 논할 자격이 없다. 왜냐하면 여순(旅順)사법학당의 여자부에서 지낸 아주 짧은 기간 외에는 여자교육에 관한 실질적 경험이 없다. 또한 학문적 연구를 해야 할 직업이라고 해도 실제로는 그렇지가 못하다. 따라서 본고도 실제 연구자 입장에서 보면 사실과 거리가 멀고 이론가 입장에서 보면 비과학적인 어중이떠중이가 쓴 독창성도 없는 글이라고 비난할 것이다. 그럼에도 불구하고 본고를 통해 작년 11월 중순에 인천 백양회(白楊會)가 주최한 어떤 자리에서 강연을 한 내용에 조금 수정을 더해 본 잡지의 부탁에 응하기로 했다.

이상론과 거리를 두고 현실적인 면에서 여자교육을 고찰하면, 즉 과거 여자교육의 실제를 교육사에서 바라보고 현대 여자교육을 교육제도에서 보면 남자교육과의 다른 점이 있고, 여자교육 그 자체도 종으로는 시대에 따라 변천하고 횡으로는 지방과 사회에 따라 다르다. 헤이안조(平安朝)시대에서도 상류사회의 교육과 중류·하류의 교육은 당연히 달랐다. 그리스 시대와 현대 유럽, 같은 그리스라고 해도 아테네와 스파르타, 모두 시대적 공간적인 규정에 따라 교육 실정이 달랐다. 따라서 현대 우리나라의 여자교육을 논하는 사람은 반드시 과거로 시선을 돌려 시대와 사회에 따라 다르게 나타나는 여자교육의 실정 속에 숨어 있는 의미를 이해해야 한다. 이것이 결국에 현실과 장래의 여자교육 방침에 한 가닥 빛을 보여주는 방법이라고 생각한다.

앞에서도 잠시 언급한 것처럼 교육은 시대에 따라 사회에 따라 또는 개성에 따라 구체적인 목적이 변한다. 그래서 여자교육과 남자교육에서 자연스러운 차이점이 생겨나는 것인데, 남녀 모두 사람이고 귀한 인간인 이상 교육의 본질은 어느 쪽에도 공통된다. 인간으로서의 교양을 부여하고 국민으로서의 교양을 부여하는 것은 우선순위가 되어야 한다. 그러나 고금동서의 실정에 비춰보면 여자에게는 여자특유의 교육이 있고, 시대의 변화와 사회의 사정, 일국 국정의 변화에 따라 여자교육에도 달라지는 부분이 있다. 또 없어서는 안 된다. 여기에 우리가 고민해야 할 큰 문제가 있는 것이다.

원래 천지의 음양이 다른 것처럼 생물계에는 암수가 있고 남녀가 있다. 아름다운 한 송이 꽃에도 암술과 수술이 있다. 남녀가 있고 암수가 있어 종족이 보존되는 것이다. 꽃의 봄, 단풍의 가을, 물에서 노는 물고기, 숲에서 뛰노는 사슴, 이 모든 것들이 자연을 꾸미고 인생을 즐겁게 해준다. 암수와 남녀 없이 영원히 존속할 수 있는 생물은 하나도 없다. 남녀의 신체도 정신도 이런 목적에 따라 규정되었다는 사실은 누구도 의심할 수 없을 것이다. 따라서 인간이지만 본질적으로 남자의 본분과 여자의 본분에는 다른 점이 있다. 도덕면에서 말하면 일반적인 인간도덕이 있지만, 특히 부인에게는 고유한 도덕이 있어야 한다. 국민도덕이나 국제도덕 외에 부덕(婦德)의 양성이라는 것이 오래전부터 있었다. 물론 부덕의 내용은 시대에 따라 변했고 사회 상태에 따라 차이가 생기는 것은 피할 수 없다. 예를 들면 도쿠가와(德川)시대에 행해진 「여학교(女學校)」처럼 지금 봐도 교훈이 되는 내용은 많지만, 그중에는 아주 이상하게 느껴지는 부분도 있다. 가이하라 엣켄(貝原益軒)16)이 쓴 『화속동자훈(和俗童子訓)』에서 말하는 여자의 도덕도 지나치게 엄격하고 답답하다. 후쿠자와 유키치(福澤諭吉) 선생님이 『여대학평론(女大學評論)』이나 『신여대학(新女大學)』을 세상에 내놓은 것은 시대의 변천에 따른 부덕에 다소의 변화가 생겼음을 나타낸다. 이러한 부덕의 내용은 시대에 따라 조금씩 변하지만,

---

16) 가이하라 엣켄(貝原益軒, 1630년 2월 17일-1714년 10월 5일) : 에도시대 본초(本草)학자, 유교학자.

여성이 천지의 법칙에 따라 이루어야 할 가장 큰 임무에는 변함
이 없다. 부인이 아내로서 어머니로서의 임무를 다 하지 못하면
인류는 백년 이내에 절멸해버릴 것이다. 사회의 존속상 부인이
아내가 되고 어머니가 되어야 하는 이유가 여기에 있다. 적극적
으로 사회의 발달향상을 위해 한 보 더 나아가 여자를 양처(良妻)
로 만들고 현모(賢母)로 만들어야 하는 것이 필수불가결한 여자교
육의 조건이다.

그리고 다른 견지에서 여자와 남자의 교육적 차이가 생겨나는
이유를 생각해보면 사회 생활면에서 남자와 여자가 다르기 때문
이다. 우선 여자는 가정에 종사한다. 따라서 여자는 가정을 위한
교육을 받아야 한다. 이 점에서 볼 때 오늘날 말로 하면 **실용주
의** 교육이라는 것이 필요하다. 한자의 구조에서 봐도 '부(婦)'나
'처(妻)'라는 말은 가정생활과 밀접한 관계를 가진다. 둘 다 손에
빗자루를 든 여자이다. 일본어 '여(女)' 즉 오미나(をみな)도 '마적명
(麻積名)' 즉 **베를 짜는** 일과 관련된 단어라는 설도 있다. 단어를 천
착하는 것만으로 보편적인 명제에 달하는 일은 어렵겠지만, 특히
부인을 실용적으로 이해할 수 있는 한 면을 나타내는 예로서 무
리는 아니라고 본다.

특히 가정생활도 사회의 계급에 따라 분화되고 있다. 상류의
여유가 있는 사회계급에서는 취미생활이 요구되어 예술주의 교
육이라는 것이 생겨났다. 가정생활에도 상류계급에서는 예술교

육이 생겨났지만, 점차 여유가 줄어들면서 실용주의가 되고 중류
계급의 교육은 그 중간에 위치한다. 그러나 우리나라에서는 상류
의 교육이 예술주의라고 해도, 실용주의를 완전히 벗어나진 않았
다. 삼한(三韓)과의 교통이 활발해지면서 일본 상류의 여자들도 양
잠이나 봉제를 배우게 되었다고 하는데, 이것은 원래 지나의 교
육사상이다. 지나의 교육에는 부공(婦功)이라는 말이 있다. 부공은
가이하라 엣켄이 쓴 『화속동자훈』에 따르면 부덕, 부언(婦言), 부용
(婦容)과 함께 여자의 사행(四行) 중 하나로 가르쳤다. 지나에서는
굉장히 중요시 되어오던 여자의 의무이며 직분이다. "부공이라는
함은 여자가 해야 할 일이다. 바느질을 하고 명주를 짜고 의복을
만들며 오로지 해야 할 일에 열중하고 유희나 웃음을 즐겨하지
않고, 먹는 것과 마시는 것을 정갈히 하며 남편과 손님을 대접하
는 일 모두가 부공이다."라고 하였는데, 이 기술 즉 실을 짜거나
길쌈을 하거나 옷을 만드는 일은 우리나라 여자교육에서도 중요
하게 여겼다. 궁중에서도 누에를 길러 실을 뽑았는데, 이는 모든
국민에게 모범이 되었다. 특히 이런 생각이 일본에도 유입된 것
이다.

　여자교육에서는 어떤 신분이라도 여자의 솜씨를 잊어서는 안
된다. 다시 『화속동자훈』을 펼치면 "예로부터 임금을 시작으로
남자는 밖을 다스리고 부녀자는 집안을 다스린다. 왕후 외 모두
내정 일에 임하는 것이 부녀자의 직분이다. 지금 부귀(富貴)를 가

진 유복한 집의 부녀자는 집안을 다스리는 일에 어둡고 옷감 짜는 일이나 바느질을 잘 못한다. 예로부터 우리 일본에서는 감히 이름을 입에 올리는 것조차 황송한 아마테라스오카미(天照大神)도 스스로 천의를 짜서 제복(祭服)을 만드셨다. 여동생 와카히루메노미코토(稚日女尊)도 마찬가지였다. 이는 일본서기에 기록되어 있다. 당나라에서는 왕후가 스스로 현담(玄紞)을 짜셨다. 공작과 후작의 부인은 지위가 높다 해도 스스로 비단을 짜고 바느질을 했다. 지금의 사대부 아내처럼 안일함 속에서 득의양양해져 길쌈과 재봉 등 여자가 할 일을 게을리 함은 예로부터의 법도가 아니다.”고 가이하라 엣켄이 분개하며 말하고 있는 것처럼 실을 짜고 의복을 바느질하는 일은 여자가 잊어서는 안 될 본분이라 하는데, 상류 사회에서는 얼마나 실현되었는지가 문제이다. 예술교육면을 보면 헤이안조시대에는 시를 읊고 서예를 하고 거문고와 다른 악기를 연주했다. 그 시대에는 무라카미 시키부(紫式部)와 세이쇼 나곤(清少納言)이나 이즈미 시키부(和泉式部) 등을 배출하고, 『겐지모노가타리(源氏物語)』, 『마쿠라노소시(枕草子)』, 『에이가모노가타리(榮華物語)』그 외 여자의 작품은 아니지만 『이세모노가타리(伊勢物語)』 등의 문학서가 줄줄이 등장하여 여자교육이 상당히 활발히 이루어졌음을 오늘날에도 상상할 수가 있다. 그러나 이는 예술주의 교육이었다.

가마쿠라시대(鎌倉時代)가 되면 호조 마사코(北條政子)를 시작으로 여자로서 정치에서 활약한 사람이 많았을 정도로 여자가 상당히 존중되었다. 무사집안의 부녀자들 중에는 활을 쏘고 창을 잘 다루는 사람도 있어 스파르타 부녀자 교육을 떠오르게 한다. 하지만 그 반면 귀족이나 상류의 무사들이 재봉을 연습하는 일이 적어지고 오로지 하등한 사람들만 하는 일이 되었다. 그래서 여자 재봉사라는 직업이 생기고, 유녀와 예기 등이 생겼다고 한다. 그러나 여자들은 헤이안조시대처럼 붓글씨를 쓰고, 시를 읊고, 거문고를 수양하는 일에 노력을 다했다.

무로마치(室町時代)에서도 이치조 가네요시(一條兼良)[17]가 쓴 『몸가짐(身のかため)』에는 작가(作歌), 조시(草子), 가집(歌集)연습, 비파 등을 수양하도록 훈계하고 있는데, 이는 헤이안조와 거의 비슷하다. 단 봉제와 같은 부공에 대해서는 함구한다. 이에 대해 "이 시대의 상류 여자는 남자의 장난감으로 여겨져 활동적이지 못했기 때문일 것이다."고 말하는 교육사가도 있다. 장난감이 아니라도 상류에서 이런 경향을 취하기 쉬운 사정이 있었다는 사실은 비단 무로마치시대만의 일은 아니다. 이렇게 예술주의 교육은 대부분 헤이안조시대와 비슷하다. 이것이 오늘날에까지 전해졌다고 할 수 있다. 여학교에 다니면서 거문고를 배우거나 꽃꽂이, 다도의 스승을 따르거나 피아노 선생님에게 다니거나 도쿄 하이칼라 여

---

17) 이치조 가네요시(一條兼良, 1402년 6월 7일-1481년 4월 30일) : 무로마치 시대의 공자이며 고전학자.

학교에서 댄스를 배우거나 외국 소설을 읽거나 하는 등 예술의 종류나 취미는 여러 가지 면에서 헤이안조시대의 구(旧)여자 교육의 형태에 새로운 방식의 여자교육 재료를 첨가한 것에 지나지 않다.

그리고 오늘날 여자교육과 상당히 밀접한 관계를 가지는 예술주의 교육은 아시카가 요시마사(足利義政)를 중심으로 한 **히가시야마문화**(東山文化)이다. 차도나 꽃꽂이는 이 시대부터 시작되어 여자교육의 내용에 도입되었는데, 이것이 신기하게도 오늘날까지 이어지고 있다. 시나 거문고는 헤이안조시대에도 있었지만, 오늘날의 그것과는 상당히 달랐다. 하지만 히가시야마시대의 것은 오늘날과 꽤 비슷하다고 한다. 그리고 오늘날 여자교육에 영향을 미치고 있는 것은 에도시대(江戸時代)의 취미이다. 오늘날 여자들이 '나가우타(長唄)', '조루리(浄瑠璃)', '춤'을 배우는 것은 에도시대의 산물이다. 이것이 실제로 오늘날까지 행해지고 있다. 어느 시대건 상류는 예술주의이고 하등사회는 실용주의이다. 중류는 그 중간이라고 앞서서도 말했다. 이를 도쿠가와시대(徳川時代)의 여자교육을 통해서 보면 상류의 여자는 헤이안조를 추종해서인지 여자의 모범이 되는 교육을 헤이안조 흉내를 낸 교양을 통해 설명한다. 그러나 그 안에 부공은 전혀 없다. 그런데 하류사회는 이와 정반대였다. 시키테이 산바(式亭三馬)는 『우키요부로(浮世風呂)』 3편하에서 어느 여자에게 다음과 같은 이야기를 한다.

> "꽃꽂이를 하고 거문고를 타는 일은 집안 살림에는 필요가
> 없지. 밥을 짓고 옷을 만들고 가족의 몸차림을 잘하고 물건이
> 낡지 않도록 하면 마누라의 역할은 그걸로 충분하다고. 그게
> 싫다면 당신은 안 되는 거야."

이 이야기를 읽고 있으면 실소를 금치 못하지만, 에도시대 하류
시민 여자의 수양 정도를 잘 나타내고 있다. 하류에서는 늘 가사와
봉제를 하고 때로는 베틀을 짜거나 하며 집안일을 도와주고 남편
과 시부모님에게 순종하면 되었다는 한 면을 잘 묘사하고 있다.

그러나 중류 이상은 여기에 어느 정도의 붓글씨를 하고 독서
를 하며 차도나 꽃꽂이 등의 예를 배우고 샤미센 또는 거문고를
배웠다. 그리고 춤을 익히는 등 다소의 학문을 하면서 유예(遊藝)
도 배울 필요가 있었다. 열 살 전후부터 혼기가 찬 소녀는 데라
코야(寺子屋)에서 공부를 하고 재봉 일을 배우면서 유예 연습까지
해야 하는 나날이어서 거의 놀 시간이 없을 정도였다. 예능종류
에 따라 스승의 집이 달라지니 소녀는 하루에 세 곳 혹은 네 곳
의 스승을 찾아가 배워야 했다. 앞서 말한 『우키요부로』 3편 상
에서는 어느 한 소녀가 다음과 같이 심경을 토로한다.

"아침에 벌떡 일어나면 붓글씨 선생님에게 가서 공부를 하고 오고, 그 다음에 샤미센 스승에게 샤미센을 배우고 집으로 돌아와 아침밥을 먹고 춤을 배우고 다시 붓글씨를 한차례 돌고 간식을 받아 목욕을 하고 오면 바로 거문고를 배우러 가. 그리고 집으로 돌아와 샤미센이나 춤을 다시 연습하고 그 사이에 아주 조금만 놀다가 날이 저물면 또 거문고를 연습해야 해. 그러니까 제대로 놀 시간이 없어. 정말 싫어죽겠어."

이 이야기는 단순히 에도시대만 아닌, 오늘날에도 일어나고 있는 문제이다. 아니 오늘날에는 훨씬 심하다. 요즘 고등여학교에서는 대부분의 시간을 학과 공부로 보내고 방과 후에는 전통 예술교육을 받아야 한다. 졸업할 때까지 전부 배워둬야 한다. 이것은 하나의 문제이긴 하지만 우리 생활에 결코 불필요한 것은 아니다. 취미 생활은 여자교육에 강한 영향력을 가지고 있다. 취미생활의 타락은 도덕생활이나 실제생활과도 밀접한 관계가 있다. 경우에 따라서는 한 나라의 흥망과도 관계가 있다고 할 수 있다. 외국의 예를 보면 옛날 로마부인은 한 가정의 주부로서 아주 훌륭했고 기품도 있었다. 그런데 타락한 그리스 말기의 문학 영향을 받아 결국에는 풍기가 퇴폐해진 것이다. 따라서 오늘날 우리나라에도 취미생활이 필요하다. 단순히 구식 학교에서 하고 있는 것과 같은 예술주의 교육이 좋을지 하이칼라 학교에서 하고 있는 것이 좋을지 또는 외래의 것이 좋을지 전통적인 것이 좋을지는 고민해야 할 문제이다. 이것이 오늘날 여자교육에서 나타나는 문제이다.

─ 京城帝國大學敎授 松月秀雄, 「新時代の女性と其の敎育」,
『朝鮮及滿州』, 1929年 1月

신시대의 여성과 교육(전편에 이어)

京城帝國大學校教授 松月秀雄

　　전편에서도 이야기한 것처럼 일본 상류 가정에서 헤이안조시대에서 중요시했던 예술주의 교육이 행해졌고 하류사회에서는 문헌적인 연구는 불충분하지만 주로 실용주의 교육이 행해졌다. 중류사회에서는 그 둘 모두가 행해졌고, 헤이안조시대에서도 중류계급에서는 먼저 실용주의교육이 중심이 되어 부엌일이나 실뜨기, 베틀 짜기, 봉제가 여자가 유념해야 할 일이었다. 또한 시를 읊고 글자를 쓰고 악기를 연주해야 했다. 이는 지금도 크게 변하지 않았다고 해도 좋을 것이다.

　　그러나 현대와 같이 시대가 변하면 여자는 지금까지처럼 소비 위주의 생활에 기댈 수가 없다. 과거에는 남자가 주로 생산에 종사했다. 무사나 귀족은 생산에 종사하지 않았다고 해도 상공업 등에 종사하는 등 남자는 주로 생산에 종사했다. 여자는 소비 생활을 즐겼다. 예술주의 교육은 물론 생산적인 교육이 아니다. 이는 명료하다. 그리고 여자의 부공이라고 칭하던 가정일, 즉 여자가 누에를 키우고 실을 뽑는 것과 같은 일은 생산과 다를 바 없다. 그렇다고 여자가 소비생활에서 새로운 생산생활에 종사하는 시대로 변했다고는 할 수 없다. 가정생활에서 생산은 생산 그 자체가 목적이 아닌 소비를 위한 원료에 가공하는 수준이다. 누에를 키우고 실을 뽑는 일을 생산이라고도 할 수 있지만, 이것은 오늘날처럼 화폐로 매매하기 위한 목적이 아닌 각 가정에서 만든 것을 가정에서 소비하기 위한 생산이다. 이러한 생산은 가정에서 시작에서 가정으로 끝난다. 누에를 키우고 실을 뽑는 일이 일종의 생산이라고 주장해도 이는 공적생활과는 전혀 교섭이 없는 것이고, 따라서 여자의 일이 가정의 문턱을 넘어 밖으로 나가는 일은 없었다. 이와 같은 사회에 적합한 교육이 최근까지 행해지고 있었다. 그러나 이런 가정 중심의 실용주의에 머물지 못하고 여자가 집 밖으로 나와 생산의 일을 하게 되었다. 다시 말해 여자에게 직업이 요구되고, 공적 생활과 관계를 가지게 되었다는 것이다.

이런 두 가지 측면에서 여자교육에 대한 다양한 요구가 나타난다. 원래 남녀의 가장 자연스러운 분업은 남편은 밖에서 일을 해서 가정생활 유지를 위한 자료를 벌고, 아내는 집에서 가정을 돌보며 자녀를 교육하는 일이었다. 여학교를 졸업한 사람들의 대부분은 졸업 후 한동안은 가정 일에 속하는 꽃꽂이나 다도, 거문고 등을 배우다가 좋은 인연을 만나 시집을 간다. 그리고 예를 들면 "신부는 경성 제○고등학교 출신의 재원으로 와카와 거문고에 조예가 깊다."는 등의 설명이 붙은 신부신랑의 사진이 신문을 통해 주목받는 것을 이상적이라고 생각한다. 부모 또한 시집을 가면 그걸로 충분하다고 믿는다. 정말 태평하기 짝이 없다. 현실의 세상에는 이런 이상적인 일만 있지 않다. 경제적인 문제 때문만은 아니지만 어쩔 수 없이 여자도 직업을 가질 수밖에 없게 되었다. 원래 여자의 천직에 가까운 직업은 가장 들어가기 쉽고 여자에게 적당한 교육자, 보모, 간호부, 산파, 하녀이다. 실제로 미국의 소학교의 교사는 대부분 여자이다. 이는 책에서만이 아니라 현장인 미국을 다녀 온 어떤 사람도 긍정하는 사실로 미국에는 여자 교육자가 상당히 많다. 미국의 교육 잡지를 읽어보시라. '교사' 다음에 '그녀'라는 대명사가 나오는 것도 무리가 아니다. 영국에서도 런던 학교를 가보면 건물 맨 밑층에는 있는 유아학교 교사는 모두 부인이고, 2층이 여자소학교인데 이곳은 교장까지가 다 부인, 그리고 3층은 남자소학교로 여기는 모두가 남자교사이지만 아무튼 여자교육자가 꽤 많다. 나는 독일 함부르크 대학에 약 1년 정도 있었는데, 여자 대학생이 상당히 많았고 대부분은 교육자를 지망하는 사람이었다. 전쟁이나 전쟁 후 경제적인 고통을 맛본 독일인에게는 여자라도 몸으로 익힌 기량만큼 의지할 수 있는 건 없으며, 학문을 해두지 않으면 만약의 경우 독립이나 명

예를 지키지 못할 것이라는 생각을 가지고 있어 여자의 향학심이 아주 높다고 한다.

먼 외국만이 아닌 일본에서도 여자 교육자가 점점 늘어나고 있다. 그러나 아직 그 정도 종류의 직업만으로는 부족하다. 남자가 하고 있는 직업에서도 여자가 할 수 있는 일은 끝까지 침입해서 그 직업을 빼앗은 일이 현대의 추세이다. 증기기관, 전기, 기계 발명 등으로 옛날에는 완력이 필요해 여자로서는 할 수 없던 일도 하게 되었다. 완력은 없어도 지력만 있으면 된다. 능력이 있기만 하면 여자라도 할 수 있는 일이 많아졌다. 예를 들면 각종 직물, 방직 외에 공장에서 일하는 여공도 있다. 광산사업에도 여자 노동자가 증가하고 있다. 그 외 회사, 은행, 철도, 외환저금국에서 일하는 사람, 관공서에서 일하는 사람, 도서관이나 학교 사무실에서 일하는 사람, 타이피스트가 되는 사람, 이외에도 여자의 세력범위는 상당한 힘을 가지고 팽창한다. 이번 유럽전쟁에서는 여자가 어쩔 수 없이 남자가 해온 일을 했다. 해보니 의외로 가능했다. 그리고 남자가 전쟁에서 돌아와 보니 여자에게 자신의 직업을 빼앗겼다. 여자는 자신의 능력에 눈을 뜨고 남자는 여자를 두려워해야 할 강적으로 생각하게 되었다. 영국에 있었을 때 나는 앞서 한 이야기를 하숙집 사람들에게 들었다. 독일 함부르크에서도 어느 가난한 사람 집에 놀러 간적이 있는데, **아내**가 예전에 전차 차장이었을 때 찍은 사진을 보여주었다. 지금 전차 차장은 모두 남자로 바뀌었다. 그런데 일본에서는 반대로 오사카나 다른 지역에 여자 차장이 생겼고, 경성 거리를 횡단하며 달리는 버스의 차장도 부인이다.

아무튼 이처럼 여자가 생산적인 생활에 종사하게 되면 거기에 따라 필요한 교육이 있어야 한다. 일본에서도 각종 직업교육이 이루어지고 있다. 작년 4월에 개교한 오사카고등여자직업학교와 같은 새로운 학교의 이름이 들리기도 한다. 그 외 여학교를 나와 고등 교육을 받는 사람이 많은데, 이 또한 단지 허례허식이 아닌 불시의 상황에 대비하기 위해 고등여학교교사 면허증을 취득해 두고 싶다는 사람이 대다수다. 이런 부분에도 직업교육의 의미가 포함된다. 게다가 우리나라 여자 중에도 스스로 제국대학에 입학하려는 사람이 있다. 전에는 도호쿠대학(東北大學)에서 여자철학 학사를 배출했고, 작년 봄에는 규슈제국대학(九州帝國大學) 법문학부를 졸업한 오리토 도요코(織戶登代子) 씨18)가 일본 최초의 여자 경제학사가 되었다. 이미 여자 철학박사도 있다. 사립여학교 교장은 이전부터 많았지만 요즘에는 공립소학교 교장이 야마나시(山梨)와 오카야마(岡山)에서 등장했고, 여자 현립고등여학교 교장이 애히매(愛媛)현의 우와지마(宇和島)에서 나타났다. 이뿐만이 아니라 여자교

---

18) 오리토 도요코(織戶登代子) : 요코하마 출신으로 도쿄여자대학을 졸업하고 1925년에 규슈제국대학법학부에 입학, 1928년 3월에 졸업논문 「로자 룩셈부르크의 자본축적에 관한 연구」를 제출하고 일본 최초의 여성 경제학사가 된다.

육진흥위원회에는 야마가키 후사코(山脇房子) 여사[19]와 하토야마 하루코(鳩山春子) 여사[20] 등도 참가하여, 고등학교령 제1조에 있는 "남자를 위한"이라는 규정은 현실과 다르니 적절하게 '남녀'로 개정하라고 외친다(또는 "남자를 위한"을 삭제하라는 의미일지도 모르지만). 메지로(目白)의 일본여자대학교가 고등학부를 설치하고 대학령에 따른 대학으로 만들려고 하는 기세도 보인다. 또한 도쿄 오차노미즈(お茶の水)에는 '여자문화고등학원'이라는 이름을 붙인 학교도 생겼다. 단순히 직업교육만이 아닌 정신적인 면이나 도덕적인 면에서도 세계적 진보에 맞추기 위해 부인의 다양한 능력을 각 방면에서 완성하려고 하는 욕구가 나타난다. 그리고 남자와 동등한 능력을 가진 사람이 되려고 하는 경향이 보이고, 정치나 법률에서도 남자와 동등한 권리를 획득하려는 형세도 강해졌다. 독일도 여자가 선거권을 가지고 있고 영국에도 여자 대의사(代議士 : 국민을 대표해 정치 참가가 허락된 중의원, 역자)가 있다는 것은 다 알고 있는 사실이다. 일본에서도 보통선거의 다음 문제는 여자의 선거권 문제이다. 이런 종류의 문제 또는 운동을 소위 '여자문제' 또는 '여자

---

19) 야마가키 후사코(山脇房子, 1867-1935년) : 교육자. 1903년에 도쿄 우시고메시로 가네정(牛込白金町)에 야마와키여자실수학교(山脇女子實修學校, 현재 야마와카학원(山脇學園))을 창설하고 여자교육에 힘썼다.

20) 하토야마 하루코(鳩山春子, 1861년 5월 2일-1938년 7월 12일) : 공립여자대학 창설자 중 한명으로 일본 여자고등교육의 기반을 구축하는데 활약한 여성 교육자이다.

운동'이라고 칭하며 느긋한 사회문제로 삼지만, 서양 특히 영국
에서는 수십 년 동안 여자가 남자에게 동등한 권리를 요구하며
시위운동까지 했다.

이처럼 여자가 독립된 직업을 가지고 공적 생활과 관계하면서
종래의 가정본위의 교육 또는 예술주의 교육과 어떻게 결합을 시
켜 제자리를 찾게 해야 할지, 이것이 현재 여자교육의 문제이다.
엉뚱하거나 극단적인 일은 결코 사회에 진보를 가져다주지 못한
다. '여자의 능력' '지금까지 이어져온 사회관습' '교실의 분위기'
라는 부분을 잘 고려한 교육을 실시하지 않으면 문제가 발생될
것이다. 우선 여자의 능력 문제다. 이는 '여성연구'를 통해 예전
부터 행해지고 있지만, 종래에는 남자를 중심으로 남자본위로 평
가를 하며 여자를 가볍게 여겼다. 하지만 오늘날 큰 문제가 되고
있는 '노동문제'와 비슷할 정도로 여자문제는 중대한 문제이다.
따라서 "여성이라는 건 도대체 뭘까?"라는 질문이 여성연구의 가
장 중요한 화두가 되었다. 그래서 옛날부터 역사적으로 유명한
남녀의 통계를 확인하거나 남녀 두뇌의 무게를 비교해 보거나 했
다. 또는 멘탈 테스트를 해보기도 했다. 네델란드 하이만스(Corneille
-Jean-François Heymans)교수와 미국의 손다이크(Edward Lee Thorndike)
교수도 남녀의 차이에 대해 재미있는 심리학 연구를 했지만, 여
기에서 자세하게 설명 할 여유가 없다. 손다이크는 "세계에서 가
장 차이가 많은 두 사람의 인간을 골라내라."고 하면 대부분의

사람들은 한 명의 남자 또는 한 명의 여자를 골라낼 것이며, 여자와 남자의 차이가 반드시 남자와 남자의 차이보다 현저하지 않다고 한다. 또한 어느 학자는 남녀의 차이는 남자는 전체의 중심에서 나타나는 이탈의 횟수가 여자보다 많다는 점이라고 한다. 그렇기 때문에 가장 훌륭한 사람도 남자이고, 최악인 사람도 남자라는 것이다. 공자나 그리스도가 여자였다는 이야기는 들은 적이 없고, 아즈치모모야마시대(安土桃山時代) 도적의 수장이었던 이시카와 고에몬(石川五右衞門)도 남자였다. 재봉이나 요리에서도 최고의 명인은 역시 남자. 반대로 가장 요리를 못하는 사람도 남자이다. 즉 여자는 평범한 사람들이 대다수이다. 이렇게 주장하는 학자가 있는가하면 또 어떤 학자는 그렇지 않다고 반대한다.

이러한 문제는 여러 방면에서 연구를 하지 않으면 해결할 수 없다. 심리학, 사회학, 인류학, 토속학, 생리학, 해부학, 병리학 방면에서 연구를 해야 한다. 또한 여자의 사업과 권리의 성쇠, 사회와의 관계, 가족상의 위치를 역사와 나라에 따라 다르게 연구해야 한다. 그리고 일본에서 여성연구는 이와 같은 결과를 가지고 비교연구 해야 할 필요가 있다. 이는 꽤 어려운 문제이다. 우리들은 자주 서양은 여존남비이고 동양은 남존여비라고 한다. 그러나 서양도 중세에는 상당히 여자를 가볍게 봤으며, 서기 585년에 마콩에서 열린 스님회에서는 "여자는 인간이며 정신을 가지고 있다."고 하는 내용이 진지하게 논의된 적이 있다. 쇼펜하우어는

"여자는 허영을 진실로 착각하고 현재에 집착하며 작은 일도 과장을 한다. 이성에 약하며 정신은 근시안이다. 남자는 돈을 벌어야만 하고 여자는 그것을 쓰는 사람이며 남자가 죽은 후에 쓰는 것도 당연하다고 생각한다. 여자는 눈치가 빠르고 직관적이며 감정에 약하다. 동정심 또한 불공평하고 힘이 없어 권모술수를 자신의 무기로 삼는다. 사자에게는 손톱이 있고 소에게는 뿔이 있고 코끼리, 멧돼지에게는 이빨이 있고, 오징어의 먹처럼 여자에게는 화장이 있다. 거짓말쟁이에 부정한데다 겉만 치장하고 배신을 하며 은혜를 모른다."고 악평을 했다.

여기서 논의가 잠시 옆으로 새는데, 경성대 사회학 아키바(秋葉) 교수가 쓰신 글에 "하지만 서양 제민족의 역사도 역시 남자를 중심으로 한 역사였다. 따라서 부인 우선이라고 하는 사교상의 예의는 주로 부인에게 구애를 하는 관습상 발달되어 온 것이며, 이것이 여존이라든지 남비를 의미하다고는 생각할 수 없다."(「경성잡필」 1928년 11월호 2페이지)고 한다. 독일에서도 내가 아는 지인이 여자에게 자리를 양보하지 않기에 왜 양보하지 않느냐고 물으니 "여자가 남자와 같은 권리를 주장하고 남자의 직업을 침입하려고 한다면, 우리들이 전차 안에서도 같은 권리를 주장하는 것도 당연지사"라고 대답한다. 노인이나 전쟁 부상자와는 별개문제로 젊은 여자에게 반드시 자리를 양보하는 것 같지는 않았다. 미국에서도 여자가 적은 남부와 여자가 많은 동부에서는 여자를 존중하는 정도가 다르다. 이 또한 남녀 간의 수요공급의 원리에 지배되는 것인지도 모른다. 아무튼 남존여비도 사회의 사정에 따라 시대의 변화에 따라 점점 변한다. 신생중화민국의 젊은 부인들의 선언으로 꽤 시끄러운 것 같은데, 그 속으로 조금만 파고들어가 보면 아키바 교수가 말씀하신 것처럼,

"1928년 6월 10일 북경 전보는, 티베트에서 일어난 **남자해방** 운동을 보고하고 있다. 즉,

하나, 여성은 한 명의 남자만을 가지며 남편이 죽은 후에만 재혼할 수 있다.

둘, 여성은 남자를 지배할 권리가 없고, 남자가 벌어온 돈은 부부가 평등하게 사용한다.

셋, 아내가 죽은 후 남자는 재혼할 수 있는 자유가 있다.

넷, 남자에게 본인의 동의 없이 승려가 되는 것을 강요할 수 없다.

다섯, 부부는 합의 하에 이혼을 하고 이혼 후 재혼할 자유가 있다.

여섯, 남편은 아내의 부정에 대해 간섭할 수 있다.

일곱, 결혼해서 같이 살면서 한 사람 혹은 쌍방의 재산은 공동으로 사용할 수 있다."

라는 일곱 개의 요구를 내놓고 있다. 이것을 보면 일반적으로 형제다부혼(兄弟多夫婚)민족이라고 알려진 티베트의 여자우위도 상당

히 현저한 것을 엿볼 수 있다.”(「여국이 다부혼인에 대해(女國の多夫婚姻に就て)」 20페이지)고 하며 우리들은 문명국이니만큼 세상과 같은 생각을 하지만, 넓은 세계의 구석구석을 들여다보면 “앞서 말한 형제 다부혼에 따라 세 명의 남편을 가진 라다크 지방의 아내는 자신의 뜻에 따라 마그파라고 부르는 남편을 더 가질 수가 있다. 이것은 사남 이하―이러한 이남(차남 또는 삼남)은 자신의 의지에 따라 독립해서 혼인을 할 수 없고, 장남의 아내를 공유하여 그녀의 작은 남편이 될 수밖에 없다. 만약 사남이나 오남이 더 있는 경우에 그들은 장남의 아내에게 아무런 권리도 가지지 못하고 집을 나와 다른 생활수단을 찾아야 한다―의 남자 중에 선택을 한다. 이처럼 남자의 지위가 굉장히 낮은 것은 오히려 당연하고 그녀에게 지나친 과실이 없는 한 떠날 수 없다. 반면에 아내는 언제든지 하고 싶은 대로 마그파를 쫓아낼 수 있다. 그때는 통상적으로 가축 한 마리 또는 그에 상당하는 루피를 주는 정도이다. 그리고 바로 다른 마그파를 얻을 수 있다.”(아키바 교수 「여국의 다부혼인에 대해」 14-16페이지)와 같은 혼인 관습도 있다. 그렇다면 티베트에서 ‘남존여비’까지는 아니더라도 적어도 ‘남녀동권’ 정도를 요구하는 것이 무리는 아니라고 생각한다. 여자가 남자처럼 단발을 하거나 남자가 장발을 하는 등 경성일보의 독자란을 떠들썩하게 하는 진귀한 현상과 비슷한 일이 남녀권리의 권력관계에서도 벌어지고 있다. 즉 ‘평등’을 향해 움직이고 있는 것은 분명하다. 역사가는

108

우리나라에서도 옛날에는 일부다처주의가 있었고, 일부일처 제도는 그다지 오래된 것이 아니라고 한다. 가이하라 엣켄이 쓴 『화속동자훈』에도 "아내를 얻은 이유는 자손상속을 위함이니 자식이 없으면 떠나도 괜찮다. (…중략…) 또는 첩에게 자식이 있다면 아내에게 자식이 없어도 쫓아낼 수 없다. (…중략…) 질투를 하면 남편을 원망하고 첩에게 화를 내어 집안이 시끄러워지고 평안하지 못하다. 또한 격식이 높은 집에서는 시중드는 여성이 첩이 되는 경우가 많아 대를 이을 길이 많은데 질투를 하면 자손번창에 방해가 되어 집에 큰 피해를 주므로 이런 여성을 쫓아내는 것은 당연한 일이다."고 논하며 축첩을 긍정하고 칠거에 대해 설명한다. 이래저래 생각해보면 우리 남자들은 티베트나 라타크 지방에서 태어나지 않은 것을 기뻐해야 한다. 더불어 여자 또한 현대에 태어난 것을 기뻐해야 한다. 그러나 아직도 음으로 양으로 앞서 설명한 것과 같은 관습이 현대 문명사회에 남아 있다면 빨리 이를 퇴치해야 한다.

어쨌든 세상은 남녀 동권을 향해 움직이고 있는 것처럼 보인다. 그래도 일반적인 이야기를 하면 부인은 부인으로서의 의무가 있다. 가정생활을 하는 것은 여자의 생활본체이다. 그 위에서 직업 생활과 공적 생활을 해야 한다. 거기에 어려운 문제가 있다. 가정본위교육과 공적생활을 위한 직업본위 교육을 현 상태로 그냥 두면 충분한 조화를 이룰 수가 없다. 한 가정의 주부로서 가정일부터 아이의 교육, 그리고 자신의 직업과 사회활동까지 한다는 것은 지금의 일본 사회에서는 불가능하다. 물론 미국에서는 한 가정의 주부이며 동시에 사회활동을 하고 있지 않느냐고 말하는 논자도 있을 것이다. 하지만 미국에서는 가정일이 아주 적다. 일본도 도시는 시골보다 가정일이 적다. 의복도 밖에서 주문하는 일이 많다. 의복의 세탁도 도시가 더 편하다. 독일의 중류가정에서 하숙을 했을 때 독일주부도 일본주부보다는 일에 여유가 있었다. 구미에서는 소비목적으로 하는 가공이 거의 사라졌다. 미국과 일본의 가정에서 주부가 해야 할 일은 상당히 다르다. 우리나라의 가정일이 훨씬 많다. 따라서 여자의 공적 생활과 주부로서의 생활을 양립하는 일이 어렵고 어느 한쪽이 부실해지는 것이다. 이는 우리들 생활에 있어 일반적인 문제임과 동시에 교육과도 관계되는 일이다. 여자가 드디어 공적 생활에 종사하려는 상황에서 지금까지의 가정본위, 예술본위의 교육만 해서는 안 되는 이유가 여기에 있다.

과거에는 사정이 있어 일본 부인들은 세상 물정 아무것도 모른 채 자랐다. 그래서 세상일에 무지했다. 세상의 실체를 전혀 몰랐다. 정말 온화하게 자랐다. 그런데 공적 생활과 관계를 가지게 되자 종래와는 다른 사회의 실상을 이해할 필요가 생겼다. 하지만 이런 부분은 불행하게도 사회에서도 학교의 학과과정에서도 별로 신경을 쓰지 않는다. 나는 앞서도 말한 것처럼 여순의 사범학당 여자부에서 중화국민의 딸들을 가르친 짧은 경험밖에 없다. 그래서 신중하지 못한 말일지도 모르고 '부인과(婦人科)' 교육학도 도 아니라서 잘 모르지만 그 방면의 연구자에 따르면, 여학교 기숙사의 여생도가 자신의 다른 이름으로 편지를 써서 그 편지를 자신에게 보내며 즐긴다는 사례가 있다고 하는데, 이는 물론 변태심리이다. 일반 부인이 모두 그렇다고 평가하는 것은 너무 가혹하다. 하지만 부인들 중에는 실제 사회를 경험하지 못한 채 이름 없는 문사의 고백문학을 읽고 상상의 날개를 펼치다가 정신을 차리고 비분의 눈물을 흘리는 사람도 있다고 한다. 현대 부인은 소설을 통해 사회를 배운다. 하지만 소설에 있는 것은 극소수의 사실이다. 그러한 사실들을 가지고 살아 있는 사회를 추측하면 오류를 범한다. 공적 생활을 하기 위해서는 사실을 사실대로 이해하고 냉정하게 판단할 필요가 있다. 그러나 일반적으로 여자는 감정이 앞선다. 나는 앞서 한자 처(妻)라는 글자가 가정적인 의미에서 만들어진 것이라고 했는데, 영어의 우먼은 와이프맨에서 왔고 와이프는 감정의 동요가 심하고 결단력이 없다는 의미에 어원을 두고 있다. 맨은 인간이라는 일반적인 용법이다. 하여간 여자는 감정적인 인간이라는 어원이 있는 모양이다. 부인은 이런 감정적인 부분이 강하기 때문에 자상한 면이 많아 육아의 세세한 부분까지 주의가 미치는 육아 본능이 살아 있는 것이다. 하지만 이런 부분이 사회에서 공적 생활을 하는 데에는 서투른 면을 드러낸다. 상상적이고 센티멘털하다. 방금 기숙사의 여생도들과 같은 기분으로 공적 생활에 접해보면 실제로 많이 다르다는 것을 깨닫게 될 것이다. 시의 세계와 공적 생활의 문제는 완전히 다른 생각으로 접해야 한다. 실제로 일본 부인 중에 대정치가의 집 전화대응을 충분히 할 수 있는 사람이 거의 없다고 한다. 시민의 마음가짐을 가지지 못하면 규칙사항도 인지하지 못하는 게 일반적이다. 결국 교육을 받지 못해서이다. 오늘날 우리나라의 여자교육은 예술적인 생각을 중요시하지만, 그 근본정신은 옛날과 다르지 않다. 이와 같은 교육으로 인해 부인이 사회에 나와 갖가지 살풍경한 문제에 부딪혔을 때 훌륭하게 해결하려는 생각을 하지 않는 것이다. 냉정하게 있는 그대로를 판단하고 사회를 넓게 시찰하게 하기 위해서는 앞으로의 여자교육에 대해 충분히 고려해야 한다.

이렇게 보니 여자교육에는 상당히 많은 장래성이 있다는 생각이 든다. 신시대 여성의 책임과 자각에는 실로 큰 정신이 있어야 한다. 독일 라이프치히에 나폴레옹 대군을 물리친 유명한 라이프치히 전승기념탑이 있다. 그 내부에 커다란 석상이 네 개 있는데, '희생정신', '용기', '신앙', '국민의 힘'이 각각의 의미를 나타낸다. 마지막 '국민의 힘'은 늠름한 한 명의 인간이 두 명의 건강한 아이에게 젖을 먹이고 있는 모습이다. 국민의 힘을 짊어지게 하는 것은 여자이다. 이것이 여자의 제일 큰 의무이다. 생의 최초

교육은 어머니이고 여자이다. 어머니의 교육은 국민교육의 첫걸음이다. 그런 의미에서 어떤 여자라도 교육자다. 그래야만 한다. 그리고 가정본위의 실용주위나 기품 있는 예술주의와 더불어 새로운 시대에 발맞춰 갑자기 일어날 일에 대비할 준비를 하고, 품격과 위엄을 지키도록 하며 종래와 같은 남자의 장난감 취급으로 만족해서는 안 된다. 또한 세상에서 가장 뛰어난 일본부인의 우아한 아름다움과 정숙한 미점을 잃지 말고 나아가 완전한 가정의 현모양처가 되어, 여유가 있다면 밖으로 나와 사회사업에도 전력을 다 할 준비를 해야 한다.

참고문헌
龍大教授 髙橋俊乘 『最新日本教育史』
東大教授 春山作樹 「本邦女子教育の過去及現在」(論文)
城大教授 秋葉 隆 「女國の多夫婚姻に就て」(論文)
城大教授 秋葉 隆 「女國」(京城雜筆昭和三年十一月號)
貝原益軒 『和俗童子訓』

─京城帝國大學敎授 松月秀雄, 「新時代の女性と其の敎育」(接前號),
『朝鮮及滿州』, 1929年 2月

조선여학생은 어디로 가나

本誌 A記者

1

저널리즘은 양해도 없이 여자들을 파도에 실어 점점 더 사상적인 괴뢰의 모습으로 가두고 거리에서 난무하게 한다. 그리고 만약 저널리즘의 파도가 온화해지면 스포츠를 통해 그녀들의 젊음이 건재함을 전한다. 현대인은 저널리즘이 제공하는 재료가 일으키는 파도의 높고 낮음에 따라 사회의 동향을 비판하고 추종하는 교묘한 생활전술에 숙련되어 있다. 따라서 코뮤니즘 사상적 배경이 없는 한 또는 에로티시즘의 짙은 색채를 띠지 않는 한, 여학생 ─ 조선인 여학생의 과거와 현재 그리고 장래의 문제에 대해 아마도 무뚝뚝한 시선을 살짝 던지는 정도일 것이다.

그런 오늘날 세계문화는 종합적이고 협동적인 모습으로 국제

화를 향해 점진해가고 있다. 동시에 각국은 다양한 사회형태로 종합적이고 국제협조적인 세계문화층 속에서 리드를 하거나 또는 리드를 당하면서 공동 참가를 꾀하느라 바쁘다. ―국가의 서쪽에서도 동쪽에서도. 구 사회 층은 지는 해와 함께 지평선 저편으로 몰락하고 신흥 생활 층이 떠오르는 태양과 함께 지상으로 높게 부상했다. 러시아의 정신과 아메리카 자본과 각 나라의 전통과―이 세 가지 요소를 계속 강하게 인식하면서 세계문화는 국제적으로 전개되어 왔다. 각 민족에게서 사상적이고 정치적이며 경제적인 신흥 사회조직이 나타나기 시작한 것이다. 러시아 정신과 아메리카 자본과 각 민족의 전통과―이들을 어떻게 정리하고 이끌어서 내일을 위해 준비할 것인지를 두고 기로에 서 있는 현대의 세계와 동양, 일본 또는 조선의 중대한 사안이다.

그건 그렇고, 저무는 석양과 함께 구 사회 층은 나라의 서쪽과 동쪽으로 지평선 저편으로 가라앉지만, 동반구 그리고 여기서 다루려고 하는 조선 여학생은 저무는 해의 마지막 영광에 쌓여 반짝이는 사회 층 속에서 한층 더 빛을 발하고 있다. 동양의 오래된 가족제도가 앞서 언급한 러시아 정신과 아메리카 자본과 민족의 전통 아래에서 급격한 투쟁을 이어가다가 붕괴해 가는 모습을 똑똑히 지켜보고 있다.

다시 말하면 지금까지 사회를 종으로 이어온 가족제도가 최근에는 개인을 횡으로 연결하는 사회와 교환되고 있다는 것이다.

떠오르는 태양과 함께 부상하는 사회 층 속에서 우리들은 부부를
―개인을 기조로 한 사상적 정치적 생활형식을 도입하려 한다.
이것은 메이지와 다이쇼 시대의 우리나라에서도 마찬가지였는데,
단 그 시대와 지금의 차이는 러시아 정신과 아메리카 자본주의
영향의 유무이다. 시대적인 과정의 차이이고 이런 경향은 조선
역시 마찬가지이다. 단 내지라면 봉건적 가족제도가 일부일처를
기조로 이루어져 아내는 남편과 함께 가정을 지키고 모성을 지켰
지만, 조선의 가족제도는 가장만을 중심으로 하여 모성을 가진
아내는 늘 가정에서 추방되고 있었다는 점이 다르다. 사회를 횡
으로 연결해 부부를 단위로 한 생활이 시작되려는 움직임은 동양
각국에서 공통으로 나타나는 현상이지만, 동시에 내일의 조선이
오늘의 조선에게 원하는 것은 분명 아내가 남편과 함께 가정을
지키고 모성의 지위를 확립하는 일일 것이다. 게다가 현재의 여
학생은 머지않아 아내가 되고 내일의 모성이 된다. 따라서 현재
의 여학생에 대해 아는 것은 내일의 조선을 알 수 있는 하나의
중요한 단서가 된다. 때때로 저널리즘의 파도 속에서 억지로 춤
을 추는 그녀들의 모습을 통해 내일의 조선을 상상하는 것은 당
연히 대중적 현대인이 취해야 할 방법이다. 하지만 우리들은 저
널리즘의 파도 밑바닥에서 매일 매시간 약동하고 있는 모습을 찾
아내는 과정을 통해 비로소 내일의 조선의 모습을 보다 명확하게
그려볼 수 있을 것이다.

조선 여학생은 어디로 가나? 무엇에서 이상을 찾고 어디로 전환하는가! 매일 매일의 일상에서 매시간 일어나는 생활의 변화 속에서 그녀들의 젊은 가슴은 무엇으로 설렐까? 그리고 무엇 때문에 고통스러울까? 이성은 무엇으로 계발될까? 정열은 무엇을 향해 불타는 것일까? 또는 무엇에 멸시의 시선을 던질까? 귀는? 입은? 게다가 그녀들은 오늘날 사회에서 벌어지는 크고 작은 일들에 대해 러시아 정신과 아메리카 자본과 민족적 전통과 관련시켜 생각한다. 만약 명민한 눈이 있다면 그녀들의 일거수일투족에 지금의 조선이 반영되고 내일의 조선을 약속하는 무언가가 약동하고 있다는 사실을 놓치지 않을 것이다.

2

기자는 종로학생가로 발길을 돌려 우선 곁에서 본 그녀들의 학교생활에 대해 물어보기로 했다. 기자가 제일 처음 방문을 청한 곳은 경성공립여자고등보통학교였다. 교장실에서 K씨의 명쾌하고 열정적인 이야기를 들을 수 있었다.

"내지인의 여학생과 비교해서 조선여학생들이 지식과 기능

면에서 뒤처지지 않으며 본질적으로 머리가 나쁜 건 아닙니다. 단지 어렸을 때부터 그런 부분에 접하지 못했기 때문에 다소 뒤처지는 것처럼 보이겠지요. 수학도 이과도 도화도 모두 그렇습니다. 예를 들면 도화라면 어렸을 때부터 그런 것들―즉 색채에 접하지 못하고 부모가 그림책 같은 것도 주지 않아서 색채에 익숙하지 않은 겁니다. 원래 소질은 있어서 가르치기만 하면 괜찮습니다. 저는 지식기능은 하룻밤에도 완성될 수 있다고 생각합니다. 하지만 사회나 가정의 습관 또는 예의범절 등은 역사적인 요소들이라 결코 하룻밤에 완성될 수 있는 것이 아닙니다. 상당히 긴 시간이 필요하며 서서히 이루어지는 것입니다."

이곳에서 들은 이야기는 학습 면에서의 칭찬이지만, 불안함은 항상 사회나 가정의 결함에서 온다.―특히 습관과 예의에 있어서는. 그러나 부인의 힘으로 먼저 개선할 수 있는 사회는 어느 시대건 시대에 적응한 가정을 옹호하는 일부터 이루어져야 한다. 기자의 질문은 졸업생의 결혼 상태로 이어졌다.

"예전에는 이곳 (여자고등보통학교) 졸업생의 결혼은 힘들었습니다. 소위 학문을 해서 머리가 좋아졌다는 이유 때문입니다. 사회의 일반적인 문화수준이 뒤쳐져있기 때문이기도 하겠죠. 그리고 한편으로는 남자전문학교의 학생 중에 기혼자가 많은데, 80퍼센트 정도의 학생에게 아내가 있다는 사실도 하나의 원인이 되겠지요."

경성여자보통학교라면 여자들에게 있어서는 조선 최고의 관립학교이다. 거기에 그녀들의 자랑스러움이 있고, 학교의 사회적 지위가 있다. 이를 내지와 비교하면 여자대학과 여자고등사범학교를 합친 것과 같은 위치라고 할 수 있다. 그런 졸업생 입장에서 보면 조선의 오래된 가족제도가 그녀들을 가정으로 반길 수 없다는 상황도 당연하고, 그녀들도 기쁘게 돌아갈 수 없는 이유도 당연하다. K씨의 이야기는 이어졌다.

"하지만 최근 2, 3년 동안의 경향을 보면 결혼하는 상대가 점차 늘어난 모양입니다. 그리고 졸업 후 결혼하는 시기도 빨라진 것 같습니다. 특히 요즘에는 부부만으로 이루어진 가정이 많아졌죠. 조선의 관습으로 옛날에는 부부로 이루어진 가정이 적었답니다. 종래의 가정은 어머니가 중심이 되지 않고 부모가 함께하는 가정이 적었기 때문에, 그중에는 자신이 도대체 누구의 자식인지 모르겠다고 하는 일도 종종 있었습니다."

가정제도는 몰락하고, 부부생활을 단위로 한 가정생활이 새롭게 시작된다. 그녀들에 의해 가정의 모성이 확립된다. 그곳에서 일하는 여자는 건전한 내일의 조선모습이다.

"일단 결혼한 이상 어떤 역경이 있어도 남편의 집에서 삽니다. 그리고 별거를 하고 같이 살지 않아도 끝까지 독신으로 생애를 보냅니다. ― 이런 예는 내가 현재 접하고 있는 사람들 중에도 있는데, 그 강한 모성에는 경탄을 금치 못합니다."

이 학교에는 사상적인 우울함은 거의 없다. 일부는 외부에 선동당하지만 그로 인해 흔들린 적은 없다. 작년 광주사건을 시작으로 전국 조선학교에 소동이 있었어도 이곳은 단지 몇 번의 훈화가 있었을 뿐 끝날 때까지 평온을 유지했다. 생도의 수는 약 400명이고 올해 졸업생은 87명이었다. 상급학교로 진학하는 학생이 3분의 1로 대부분은 교원을 지망해 이 학교에 있는 연습과에 1년간 다닌다. 그중에 45명이 내지의 여자대학이나 여자사범고등학교에서 공부한다. 취직을 희망하는 사람은 전체의 약 10퍼센트인데 거리의 직업부인으로 나간 사람은 한 명도 없다. 대부분 대용교원이나 교원촉탁이라는 고상한 일을 원한다. 나머지 반수 이상은 전부 가정에 안착했다.

"봄 바다 눈앞에 펼쳐지는 수마아카시(須摩明石)." 작년에 이 학교에서 내지로 수학여행을 갔을 때 세토나이카이(瀬戸内海)를 기선으로 유람하면서 하이쿠를 모집했다고 한다. 그중 가장 뛰어난 작품을 무선전신을 이용해 모교로 송신했는데, 이 시가 그 한 구절이다. 기자는 K씨에게 장시간 머물며 폐를 끼친 것을 사과하고, 봄 바다의 한 구절을 낭송하면서 교문과 작별하고 발길을 다른 곳으로 돌렸다.

—本誌 A記者,「朝鮮人女學生は何處へ往く」,『朝鮮及滿州』, 1931年 8月

여학교 교육을 받은 조선인 여성의 상황

本誌記者

조선부인이 오랜 세월동안 짊어져야 했던 역사적인 풍속습관은 그녀들이 원하거나 말거나 상관없이 조혼을 강요해왔다. 상층계급에서는 일종의 가구와 같은 존재로 하층계급에서는 도구와 같다는 생각마저 들게 했다. 이들 부인들도 일한병합 후 급속한 일본문화의 유입과 진보에 따라 점차 개방적이고 활동적인 방향으로 변하고 있다. 특히 여학교 교육의 보편화와 더불어 학교교육을 받은 젊은 지식계급인 부인 층의 사회진출은 예전과 비교해 격세지감을 느낄 정도이다.

공립과 사립여학교를 나온 졸업생의 사회진출상황을 보면 상급학교에 진학하는 사람이 약 20퍼센트, 취직을 지망하는 사람이 40퍼센트, 가정으로 돌아가는 사람이 40퍼센트이다. 각 학교의 조사에 따르면 가정으로 돌아가는 사람 중 일부를 제외하면 거의 취업전선으로 나와 활동하고 있다.

여기서 경기공립고등여학교(京畿公立高等女學校)의 1940년 졸업생을 한 예로 들어 보면, 졸업생 159명 중에 니혼여자대학교(日本女子大學校)에 들어가는 사람이 2명, 도쿄여자고등사범(東京女高師)으로 올라가는 사람이 3명, 메이지대학여자부법과(明治大學女子部法學科)에 들어가는 사람이 1명, 여자미술(女子美術)에 들어가는 사람이 1명, 자유학원여자부(自由學園女子)에 들어가는 사람이 1명, 경성여자사범(京城女子師範)에 들어가는 사람이 24명, 경성여자의전(京城女子醫專)에 들어가는 사람이 9명, 숙명여자전문학교에 들어가는 사람이 12명, 이화여자전문에 들어가는 사람이 24명, 적십자사특지간호부(赤十字社特志看護婦)가 된 사람이 1명, 취직 또는 교원지망자가 42명, 가정으로 돌아가는 사람이 42명이다. 가정으로 돌아간 사람 중에 결혼한 사람이 4명이고 가정으로 돌아간 극히 일부의 여자를 제외하면 대부분 직업전선으로 뛰어들었다.

이를 경성여자사범학교의 올해 졸업생을 통해 보면 다른 학교와는 달리 처음부터 교원지원을 목적으로 입학한 사람만 있기 때문에 전 졸업생 중 한 명도 남김없이 졸업과 동시에 조선 전국의 각 학교에서 교편을 잡고 있다. 본교 생도는 전부 도지사의 추천으로 입학한 사람들이다. 올해 졸업생은 396명 중 심상과 졸업자(소학교를 졸업 4년 수료한 자) 89명, 각 연습과(여학교졸업 2년 수료한 자) 143명, 강습과(여학교졸업 1년 수료한 자) 144명으로 그 수는 매해 증가하는 추세라고 한다. 앞으로 있을 학교의 증가에 수반되는 수요의 증가도 염두에 두어야 할 것이다.

이렇게 자연스러운 형태로 오랜 시간 이어져온 풍습이며 습관인 조혼의 폐해도 타파되고 있다. 올해 각 학교에서 졸업 후 결혼한 사람을 조사했지만 현재까지는 전혀 없는 상태이다. 이는 과거 재학 중에 결혼을 위해 퇴학한 생도가 많았던 것과 비교해보면 금석지감을 금할 수가 없다는 것이 당국자의 말이다.

학교교육을 받아 새로운 사상과 도덕을 익힌 젊은 여성들과 전통적인 낡은 사상과 도덕 속에 사는 부인들의 가정 속 융합양상을 보면, 몇 년 전까지는 졸업 후 가정과 사상대립 또는 행위의 관습이 달라서 이를 받아들이지 못해 모교의 교원에게 자주 고민을 상담하러 온 학생도 상당히 많았다고 한다. 하지만 최근에는 어지간히 완화되었다고 한다.

그러나 일부에서는 조선의 낡고 오래된 관습을 지키려고 하는 건지 딸에게 여학교 교육을 받게 하는 것은 도구에 금박을 입히는 정도로만 생각하고, 졸업과 동시에 규중처녀로 묶어두고 산책도 하녀를 동반해야 할 정도로 자유롭게 내버려 두지 않는 낡은 사상의 부모도 있다. 어느 학교의 이야기에 따르면 이러한 경우 대부분 사회적 지위도 있는 유산계급에 속하는 사람들이라고 하니 난처할 따름이다. 그녀들은 명랑하고 활발하며 개방적이었던 학교생활이 그리워 안타까운 심정을 모교에 털어놓으러 온다고 한다. 자숙 카드를 들이대야 할 것 같은 여성이 증가하는 일도

곤란하지만, 젊고 한참 발돋움하려고 하는 사람을 구습의 상자에
가둬버리는 일도 곤란하다.

그러나 요즘에 내지인이 경영하는 회사나 상점 또는 각종 사
무실에서 자주 볼 수 있게 된 조선인 여자의 모습은 얼마나 많은
여학교 출신의 조선인 여자가 취직전선에 나와 있는지를 말해주
고 있는 것이라고 할 수 있다.

―本誌記者,「女學校敎育を受けた朝鮮人女性の狀況」,
『朝鮮及滿州』, 1940年11月

조선의 신여성이여! 어디로 가나?

植村諦

두려운 것은 시대의 흐름이다. 시대사조의 흐름이다. 아무리 금성철벽 만리장성을 쌓아도 철문을 굳게 닫는다고 해도 시대의 흐름은 마치 런던 명물인 안개처럼 작은 틈을 통해 성벽을 넘고 철문을 넘어 거실로 방으로 결국에는 서랍 안까지 조용히 들어온다. 그리고 금성탕지(金城湯池)로 믿었던 성을 지키는 사람들이 그것을 깨달았을 때의 놀라움과 당황스러움, 그리고 그곳에서 벌어지는 모순과 투쟁, 고민 — 등은 어떤 나라, 어느 사회에 있어서도 인류사회의 진보를 부정하지 않는 한 보지 않을 수도 맛을 느끼지 않을 수도 없다. 보수와 진보, 노인과 청년, 이미 형성된 사회를 있는 그대로 지키려고 하는 사람들과 늘 새롭고 아직 보지 못한 세계를 개척하려고 하는 사람들의 투쟁, 게다가 시대는 행인지 불행인지 그 결사적인 보수적인 사람들의 반항을 짓밟고 거침없이 앞으로 흘러간다. 선구자가 흘린 피와 고뇌, 보수주의자가 몰락한 쓸쓸함, 도대체 누가 진정한 행복을 맛볼 수 있던 것일까? 선구자도 보수주의자도 모두 그 흐름 앞에서는 희생만 된 것은 아닐까? 하나의 서클을 만들고 그것을 부수고 다른 서클을 만들면 다시 부수고, 부수고 나면 다시 만든다. 생각해보면 사람도 사회도 슬픈 완구를 조립하는 아이 같다. 보수주의자를 두고 사회의 진보를 저지하는 무용한 독물이라고 생각하든, 진보주의자를 두고 사회의 평안에 혼란을 야기하는 위험분자라고 매도하든, 큰 흐름에서 보면 둘 다 슬픈 완구사(玩具師)다. 그리고 모두 그 흐름에 밟히는 희생자이다.

우리들의 짧은 경험을 통해서도 이 시대의 흐름 속에 휘말려 괴로워하던 많은 사람들을 알고 있다. 게다가 예전에는 시대의 흐름 바깥 멀리에 있던 사람들에게도 그 흐름이 갑자기 덮쳤을 때에는 한층 더 그 모습이 애처롭다.

옛날에는 규방 깊숙한 곳에 들어앉아 시대의 조류와는 무관하고 단지 남성이 만든 사회와 환경에 자신을 맡기고 있기만 하면 되던 조선의 여성에게도 큰 시대의 조류는 밀려왔다. 옛날 그녀들의 규방 문을 굳게 지키고 있던 남성이 덤벼드는 근대자본주의의 해일에 쉽게 휩쓸려버린 이상 싫든 좋든 그녀들은 용감하게 저고리를 양복으로 바꾸고 치마를 스커트로 대신해 이 흐름의 한가운데에 서야만 했다. 하지만 그녀들의 발목을 잡고 있는 수천 년 동안 이어져온 인습과 전통의 족쇄는 너무나도 무겁다. 눈은 똑바로 그 시대의 흐름을 바라보고 머리에는 그 물방울을 맞으면서도 끊지 못하는 발목의 족쇄 때문에 그녀들은 고민하는 것이다.

지난 학생소요사건 때에 부끄러움이 많은 조선의 여학생들이 남학생과 함께 만세를 부르고 학교의 창문을 깨면서 떠들썩하게 했다. 현재 조선여성의 최첨단을 걷고 있음에 분명한 그녀들이 과연 그 정도로 용감한 것일까? 용자인 것일까? 어떤 이상을 그리고 어떤 고민을 하고 있는지 그녀들의 여학교로 걸음을 돌려 밤낮으로 그녀들의 생활을 지켜보고 있는 선생님들에게 의견을 물어봤다.

—이 학교에서도 올 4월에는 약 70명 정도의 졸업생이 나왔는데, 그중 약 20명 정도는 사법학교 연습과로 입학을 지망하고 있고 45명은 내지로 유학을 희망하고 있습니다. 졸업 후 은행회사 등에 바로 취업을 하고 싶다는 학생도 14명 있지만 대부분의 다른 학생들은 그냥 가정으로 돌아가려고 합니다. 직업을 구하기 위해 학교에 입학하는 기운이 조금씩 약해지고, 진정으로 자신을 수양하기 위해 학문을 하고 싶다는 바람이 점점 강해지고 있는 일은 매우 좋은 현상이라고 생각합니다.

그러나 지금 그녀들의 가장 큰 고민의 씨앗은 결혼문제입니다. 어제도 어떤 졸업생이 와서 "선생님 저희들에게 결혼 상대는 없어요."라고 하는 것입니다. 현재 여자고등보통학교를 졸업한 그녀들이 바라는 결혼상대는 대체로 대학전문학교 정도를 졸업한 학생입니다. 하지만 그런 남성들은 대부분 소위 조선의 낡고 오래된 구습과 인습에 얽매여 이미 결혼을 해버렸습니다. 따라서 그녀들의 지식과 교양에 걸맞은 배우자를 구하려면 재혼밖에는 방법이 없는 것입니다. 그래서 결혼 이야기가 나오면 먼저 그녀들이 하는 질문은―그 사람은 초혼인가요?―입니다. 이 고민은 비단 여성만이 아니라 교양 있는 남성들도 마찬가지입니다. 지난번에도 어느 조선 청년이 와서―저는 다행히 올해 대학을 졸업하게 되었지만, 저에게는 예전에 부모님이 저한테 아무런 양해도 구하지 않고 결혼을 시켜버린 아내가 있습니다. 조혼의 결과로 어쩔 수 없는 일이라고 해도 그녀는 낫 놓고 기역자도 모르는 무지문맹한 여자입니다. 저는 다행히 고등교육을 받아서 조금은 마음의 눈을 뜰 수 있었지만, 그 마음과 아무런 접촉점을 찾을 수 없는 무지한 여자와 평생을 살아야 하는 운명을 생각하면 참을 수가 없습니다―와 같은 이야기를 했습니다. 진정 그 청년남녀들의 심정은 우리가 상상할 수 없을 만큼 괴로운 것입니다. 그들이야말로 시대의 수난자입니다.

―지금 우리 학교에는 조선인 여자 선생님이 한 명 있는데, 그 사람은 아이가 둘이나 있으면서도 아침에 지각하는 일 한 번 없고 정말 근면한 사람입니다. 어떻게 그렇게 일할 수 있는 걸까 하고 궁금했는데, 사정을 들어보니 그 사람은 어느 여자전문학교를 졸업하고 어떤 부호의 아들과 결혼했다고 합니다.

그 사람은 조선의 관습인 첩을 가지고 있어 지금은 첩이 있는 곳에만 틀어박혀 그 여자는 있어도 없는 사람과 마찬가지라고 합니다. 게다가 조선의 전통적인 관습 때문에 이혼 같은 건 할 엄두도 내지 못하고, 그냥 두 아이의 성장을 바라보면서 앞으로의 인생을 살아가려 한다고 합니다.

이것도 어느 여학교 교장이 한 이야기이다.

—조선인은 대체로 불결하다, 게으르다고 하지만 우리 학교의 여학생(조선인)은 방 정리나 청소도 잘해서 오히려 내지의 여학교에서는 볼 수 없는 좋은 점도 있습니다. 하지만 그렇게 열심히 공부를 해서 졸업을 한다고 그녀들의 개성을 살릴 수 있는 사회가 기다리고 있을까요? 저는 그런 생각을 하면 그녀들이 가여워집니다.

는 젊은 조선인 여학교 선생님의 이야기이다.

그러나 억압 속에서 웅크리고 있던 사람이 한번 억압을 향해 반항하고 억압의 손을 완화시켰을 때 그 반동의 힘은 크다. 전족(纏足)으로 걸음이 늦었던 지나부인이 한번 신시대의 공기를 맞이하자마자 단발동맹이 일어나고 자유결혼동맹이 생겨난 것처럼, 규방 깊숙이 갇혀 있던 조선의 부인도 이런 여러 가지 전통과 인습과 고뇌를 물리치고 그 반동으로 신시대의 선단에 서려고 한다. 결혼상대를 원해도 구하지 못하고 상대를 발견해도 만족하지 못했던 그녀들이, 민족운동의 선단에 서서 붉은 입술에서 불을 뿜어내기도 하고, 부인해방운동의 대열을 만들어 자유결혼과 출산제한을 제창하기도 하고, 소학교 교사나 유치원 보모가 되어 전통과 인습의 쇠사슬을 질질 끌면서 순진한 아이의 양육을 위해 모든 것을 포기하기도 하고, 또는 다소 데카당스의 기분으로 기생이 되어 환락의 불빛 아래서 술과 춤에 취해 슬픈 분노를 잊기도 한다. 그리고 배우가 되기도 하고 무요가(舞謠家)가 되기도 하고 타이피스트, 여사무원이 되는 사람이 이 여학교 졸업생 중 약 30 프로를 차지한다. 게다가 그런 여자들 중 몇 프로에게는 무지한 남편이 있어 전통적인 가정의 인습 속에서 허덕이며 하루하루 보내고 있다. 진정으로 이상적인 남편은 아닐지라도 구색에 맞는 남편을 구해 물질과 정신 모두 만족한 생활을 하고 있는 사람이 조선을 통틀어 매년 공립 사립 여자고등보통학교를 졸업하는 8천여 명 중 과연 몇 명이나 있을까?

그녀들이 때로는 용감하게 해방운동의 선단에 서서 소란피우는 모습을 보고, 그 행동이 올바른 사회의 이상에 불타올라 억누를 수 없는 감정에 의한 것이라고 단순히 납득해서는 안 된다. 그 운동의 실현 가능성을 믿고 전진하는 것이라고 생각해도 성급하다. 이에 대해 일부분만 이야기하면, 조선부인의 특성인 사나운 성질을 근대사상이 부추겨 이런 활동으로 이어지게 된 것이라고 생각한다. 특히 조선인도 지나인도 여자에게는 유폐적인 생활이 강요되어 온실의 화초가 되었으면서도, 성격은 의외로 강해서 반항심과 집요함이 강해 남성적인 부분이 있다. 일본부인처럼 정숙하거나 고상하고 상냥한 인정미가 부족하다. 이것이 오늘날 여학교를 나온 조선인 부인을 사회운동이나 민족운동에 참가하게 하는 이유지만, 그들은 이런 황당한 운동에 참가하면서도 온돌 속에서 유폐된 생활을 하고 있는 다수의 조선부인 해방운동과 같은 온건하고 필요한 사회운동은 별로 하지 않는다.

　치마를 가벼운 스커트로 바꾸고 굽이 높은 구두를 신고 거리를 활발하게 걸어가는 조선의 신여성들이여, 새로운 시대임을 자각하면서도 여전히 규방에 갇혀 있는 조선의 여자들이여, 당신들은 어디로 가나?

　　　―植村諦,「新しい朝鮮の女よ! 何處へ行く?」,『朝鮮及滿州』, 1930年 3月

직업부인의 명암

本誌記者

쇼와일본의 자태는 SOS 타이틀로 봉해지고 아메리카주의와 러시아주의가 혼돈하며 주위를 맴돌고 있다. 실망, 초조, 불안, 공포, ETO의 시대정신은 태내에서 발효되고 밝은 미래의 생활을 기대하는 사람들은 걱정과 슬픔으로 새파랗게 야위어가고 있다. 앞날에 대한 동경과 희망으로 오늘을 사는 감격을 알고 죽을힘을 다해 바둥거렸던 모든 일들은 이미 과거의 추억일 뿐이다. 달콤한 꿈을 좇던 날들은 어수선한 현실의 생활이라는 태풍에 휩쓸려 성(性)을 초월한 투쟁의 사회상을 그려내고 있다.

옛날에는 규중에서 자란 공주님도 고운 비단저고리입고 시집 간 새색시도 "일하지 않는 사람은 먹지도 말라."는 방침을 따르려고 한다. 이렇게 연출된 상극적인 모순에 대한 천착은 잠시 접어두고 노동으로 가꿔지는 근대미적인 부인들의 행장평판기를 글로 써서 잠시 자극제로 삼아 남성에 대해 같은 권리를 주

장하는 근대여성의 정신을 타진하여 그녀들의 세계를 살펴보려
고 한다.

따라서 이 글은 하나의 진단서이고 보고서이다.

직업전선을 가다

반도의 수도 경성은 소비문화의 도시지만 생산도시는 아니다. 따라서 공장을 다니는 직업부인보다도 카르멘처럼 하얀 분을 두 껍게 바른 백화점 여점원과 같은 화려함을 지망하는 쪽이 훨씬 많다. 직업부인이라는 것은 모던적 직업인 백화점 점원, 관청, 은 행회사의 비즈니스 걸과 전화교환양, 간호사, 근대적인 장소에 걸맞은 자동차 차장, 기선의 마린 걸 등 조금만 수를 세어 봐도 끝이 없는데, 이런 직업에 종사하는 사람에게 붙여진 멋스러움이 있어 상당히 자존심이 강하다. **자존심**, 쉽게 말하면 자부심이 강 하고 콧대가 높은 것이 여교사다. 여교사를 직업부인이라고 부르 면 때때로 기분 나쁘다는 표정을 짓는데, 이는 조선에서 특히 **직 업**이라는 두 글자에 악센트를 두는 것과 별반 다를 바 없다. 왜 냐하면 맞벌이를 하면서 노후가 되어도 아직 은퇴를 하지 않고 여전히 강의를 반복하면서 세놓을 집까지 짓고 있는 사람이 있기

때문이다.

그건 그렇고 경성의 일반적인 직업 동향을 살펴보기 위해서 작년 부소재의 직업소개소 성과를 추려 기록하면 다음과 같다.

고용주가 각각 조건을 내건 소개소를 찾은 구인수가 내지 부인 1,107명, 조선인 부인 6,906명인데 비해 구직을 희망하는 내지 부인은 999명, 조선부인은 7,902명이다. 이 수치를 보면 내지부인의 구인수가 구직자수보다 많다는 결과이니 당연히 취직난은 없어야 한다. 하지만 실제로 이와는 달리 고용주와 피고용주 사이에 조건이 맞지 않아 채용되지 못하는 경우가 꽤 많다. 단지 내지만큼 절박한 상황이 아니라는 것은 사실이다. 그래서 "여성분들 중에 취직을 희망하는 분은 경성으로 오세요." 하고 부인들에게 유혹과 비슷한 광고를 해 두겠다.

구인자와 구직자 상호 교섭의 결과로 취직한 사람의 수를 조사해보면 내지부인은 550명, 조선부인은 3,853명으로 원하는 월급을 받고 있다. 따라서 구직자의 반수이상은 취직을 못하고 소위 실업자가 되는 것이다.

직업별로는 가정에 고용된 사람이 가장 많고 하녀, 유모, 식모, 점원 등이다. 이런 종류의 일을 지망하는 내지부인이 644명이고 취직한 사람이 412명이다. 내지인 가정에서도 최근 하녀의 대부분은 조선의 독특한 어머니 직업에서 찾는다. 즉 조선부인의 하녀 지망자는 6,654명으로 직업을 구한 여성이 3,506명, 그리고 약

3천 명은 직업을 찾지 못하고, 아리랑 아리랑 아라리요를 읊으며 쓸쓸히 고향으로 돌아간다. 어머니 직업이 왜 조선의 독특한 것이며 게다가 왜 유행까지 하고 있는지는 여러 가지 각도에서 생각해 볼 수 있다. 대부분의 부인은 남편에게 버림받든지, 남편이 있어도 남편이 일을 하지 않고 빈둥빈둥 놀고 있어서 먹고살 길이 막막해 결국에는 이 어머니 직업에 몰리게 되는 것이다.

다음은 사무인, 간호인, 약국인, 오락장의 고용인 등의 잡다한 업무로 내지부인의 147명이 구직을 하고 59명이 취직을 한다. 조선부인 460명의 구직자 중 취직을 하는 사람은 130명이다.

장사 쪽을 보면 점원, 어린점원, 상점잡부, 음식점 고용인 등이 있다. 내지부인의 구직자는 66명으로 전부 취직이 되는데, 무엇보다도 음식점과 같이 쉽게 들어갈 수 있는 길이 있기에 비교적 쉬운 편이다. 조선부인은 697명이 구직을 해서 겨우 235명밖에 취직하지 못했다. 그 외에는 공업, 광업, 통신, 운수 등을 지망하여 취직한 사람도 있지만 그 수는 매우 적다.

관청, 전화교환국, 은행, 회사, 백화점은 독자적인 입장으로 채용을 하고 있어 이 직업소개소의 통계에는 나타나있지 않다. 그 숫자는 내선인이 천 명 이상 정도는 될 것이다. 이 방면의 취직 전선에 뛰어들어 그 꿈을 이룬 사람은 약 반수 이하로 천 명의 구인숫자에 비해 취직희망자는 삼천 명 이상은 될 것이다.

직장에서 춤추는 그녀

따뜻한 봄 햇살을 맞으며 시계탑이 있는 대학병원을 방문했다. 이 병원은 이전 총독부병원으로 쓰이던 곳으로 그곳에서 일하는 백의를 입은 숫처녀가 내지인 120명, 조선인 18명, 산파는 내지인 2명으로 합이 140명이고, 직속인 여자가족으로 이루어져 한 지붕 아래에서 일하고 있다.

16살에 소학교를 나와 대학병원 직영 강습소에서 2년간 실력을 쌓은 후 졸업을 하는데, 졸업 후 2년간은 봉사를 해야 한다. 여기까지 마치면 독립하든지 병원에 보내지든지 결혼을 하든지 자유다. 그런데 놀라지 마라. 마흔 살의 숫처녀로 지금까지도 열심히 일하고 있는 사람이 있다고 한다. 이곳은 엄격한 규칙이 여러 개 있는데, 독신자에 한해 자택 통근은 허용이 안 되며 전부 기숙사에 수용된다. 그래서 마흔 살이 되어도 남자의 피부를 매일 보고 남성의 냄새를 맡기는 하지만 실제로 이성의 느낌은 모른다고 하는 요즘시대에 진귀한 종류의 부인들이 있다.

이런 간호부 중에는 최하급 관리계급의 대우를 해주어 월급도 70엔을 돌파한다. 하지만 모두 그런 것은 아니다. 물론 간호부는 1년차부터 수년간 근무한 사람이라도 월급이 30엔인 사람이 많다. 새장 속 새(실례가 되는 말이지만)와 같은 기숙사생활의 스케치는 미인평판기에서 보는 것조차 아까울 정도인데, 여학교의 기숙사와는 기본적으로 다를 수밖에 없다. 무슨 말이냐 하면 밤낮없이 그녀들은 수많은 남성들의 손을 잡고 다리를…… 즉 근무시간이 일정하지 않다는 것을 알 수 있으며, 또한 그 수만큼 남성을 대하는데 익숙해져있어 인정(人情)도 인위적으로 적당히 응용하는 외과와 내과용 기술을 체득하고 있다는 것. 물론 그녀들도 본심은 결혼도 하고 싶을 것이다. 그래서 교수나 의사나 부유한 환자와 결혼해서 팔자를 고치는 일도 없지는 않다. 한주에 한번 쉬는 날에는 점심에만 외출을 허가받기 때문에 이를 기회로 애인과 하숙에서 반나절을 보내는 일도 없다고는 할 수 없다.

근대의 총아는 누가 뭐라 해도 백화점. 경성의 유한부인은 명석하지 못한 뇌세포를 가진 사람이 많아서 백화점을 오락장처럼 생각하고 밤이고 낮이고 자기 집처럼 다닌다. 이 백화점이 경성에는 5곳, 여점원은 약 250명, 월급은 일당으로 계산하면 소학교를 나온 사람은 어림짐작해 80전에서 1엔 정도이다. 물론 내선인과의 차별은 없지만, 서비스를 내세우는 일이라 미모와 애교가 필요하다. 하지만 조선의 전통은 뿌리가 깊어서 옛날에는 큰 길을 다니는 부인이 "소녀 부끄럽사옵니다." 하고 얼굴에 천을 둘러쓰고 다니는 관습이 있었는데, 지금까지도 다소 표정에는 음울함과 차가움이 남아 있는 것은 두말할 필요도 없다고 어느 백화점의 어떤 분이 말했다.

여기서 잠시 백화점을 들여다보자. 미쓰코시(三越)에 있는 여점원은 내지인이 120명, 조선인이 14명으로 양쪽 다 자택에서 통근한다. 채용조건에 부모가 모두 있어야 한다는 점은 가정의 따뜻함을 그대로 고객에게 서비스하는 정신을 보려고 하는 자명한 이유에서이다. 또한 미모가 필요조건으로 고객도 미모에 반해서 (조금 천한 표현이라도 말은 적나라하게 하는 것이 중요하다고 하는 오늘날의 모던이라는 야만취미(barbarism) 때문입니다.) 사지 않아도 되는 물건을 매일 그녀가 서 있는 매장 안에서 고른다. 이 부분은 상상하는 편이 감으로 더 잘 와 닿을 테니 생략하기로 하고, 또한 그녀들은 독신이어야 한다는 것이 가장 큰 조건이기에 고객은 그 부분이 노리는 점…… 그게 핵심이다.

근무기간은 대체로 2년으로 제한되는데 그 사이 결혼준비는 대부분 할 수 있다. 월급에서 월 4엔은 의무적으로 저금을 하고 있다. 그녀들의 점심은 자택에서 도시락을 지참하는 건지 어떤지가 기자는 몹시 궁금했는데 알아냈다. 모던하고 세련되고 예쁜 그녀들은 도시락 가방보다 미인에게 가장 중요한 핸드백에 향수를 코디로 넣은 가방을 든다. 그것이 여점원다운 모습이다. 그리고 점심에는 점원식당이라는 홀에서 13전 하는 자양분, 비타민 A, B, C, X, Y, Z를 함유한 양식을 먹는다.

취미 또한 모던해서 한 달에 한 번의 정기휴일과 그 외 위로휴일 이틀을 합해서 휴일이 세 번인데, 일요일에는 영화나 연극, 애인방문, 드라이브, 남자친구와 교외로 피크닉을 가고 음식점에서 저녁을 함께 먹거나 한다. 독서는 부인잡지의 소설이 대부분이고, 아무리 천진난만하다고는 해도 최근 백화점 여점원들에게 오랫동안 이어져 온 풍습이 쇠퇴하고 있어서, 이것은 경영관계자도 조심하는 부분으로 자택과 연락을 취하게까지 되었다. 현재 미쓰코시에서는 퇴근 시간증명서라는 것을 인쇄물로 배부하고 폐점 시간과 자택 귀가시간을 긴밀히 조사하도록 되어 있다. 이렇게라도 하면 우선 걱정거리가 준다. 그러니 신사분들, 백화점 안에 있는 그녀들은 화려하고 세련될지 몰라도 거리에 있는 그녀들은 정숙한 숙녀랍니다. 행여 이상한 생각을 품고 혼마치서(本町署)라는 정신병원이 있다는 사실을 꽃놀이 철에라도 망각하지 마시길.

조지야(丁字屋), 히라다(平田)백화점도 대체로 여점원 품행에 변동은 없다. 단지 히라다에서는 점심식사를 제공한다. 조지야에서는 매일아침에 조례가 있고 신앙이 깊어 독경도 하지만 모던한 그녀들과 독경은 다소 어울리지 않는다. (그녀들은 속으로는 "섬 소녀야 사랑해줘."와 같은 유행가를 부르고 있을지도 모른다.)

교환양은 중앙전화국에만 250명으로 관청에 근무하는 유일한 여성 전문직이다. 이 교환양에 대한 이야기는 다음에 하기로 하겠다. 부에서 운영하는 버스 차장은 약 80명으로 나이는 열여덟 살부터이고 대체로 2년 근무한 후 전부 결혼해버린다. 일당이 80전, 그것도 매상에 따라 달라서 다소의 변동은 있을 것이다. 물론 조선인만은 아니다. 몸에 전해지는 진동이 있어 매달 오는 생리적 작용으로 고생하는 여자도 있다는 사실이 아무도 모르는 고충, 이 부분에서는 기자도 살짝 동정을 해본다.

조선은행에는 약 100명 정도의 오피스 걸이 있다. 식산은행에는 여사무원 50명 정도, 교환수에 여자 사환 20명 정도가 있다. 조선은행과 식산은행의 여사무원이나 교환수들은 다른 곳에 비해 미인이 많다. 돈이 넘치는 금고 안에서 일하는 여자들이라고 그런 지붕 아래서 일하면 몸에 이자가 붙거나 금화가루라도 붙어 돈으로 배가 부를 거라고 생각해서는 안 된다. 그녀들 역시 "일하지 않는 사람은 먹지도 말라."는 방침에 따라 당연히 월급만 받는다. 상사에게 애정 어린 눈빛을 받는 것만이 작은 위로이고, 미래의 대 실업가인 자제들과 책상을 나란히 두고 함께 생활을 하고 있지만 윙크 한 번 보낼 수 없다. 은행 안 연애나 애정 소문은 엄하게 금지되어 서로 반했다는 등의 소문이 나기라도 하면, 그와 그녀는 총재의 이름으로 애수어린 해고의 세레나데가 연주된다. 하지만 사랑은 생각해서 하는 게 아니므로 서로 좋아하는 감정의 불꽃을 눈으로 교환하며 즐기는 일도 아주 없지는 않다.

조선을 관리하는 관인들의 중심부인 총독부에는 타이프라이터나 비즈니스 걸 등이 약 30명 정도 있다. 아무래도 월급에만 신경이 쓰였지만 이곳에서도 특별히 고액의 월급을 받는 사람은 없었다. 독신자에게 뒤지지 않을 만큼 상당히 섹시한 부인이 여기저기서 눈에 띈다 했더니 가르손느[21) 백에 큐피트 화살의 립스틱(기자 역시 제일선의 모던보이 인걸까요?)을 바른 굉장한 부인도 있다. 역시 총독각하의 슬하라는 소문만큼 매우 엄격해보였다.

그 외에 여급, 예기, 창부 또한 직업부인의 최전선에 있는데 대충 내선인이 2천 명에 이를 정도로 많아졌다. 여급, 예기, 창부를 내보내며 부르는 나게부시(投節)[22)의 한 구절 "내일 비가와도 다시 오렴"은 본심이 아닌 상업용 이데올로기이다.

— 本誌記者, 「職業婦人の明暗色」, 『朝鮮及滿州』, 1933年 4月

---

21) 가르손느(garçon) : 소년과 같은 머리스타일과 복장을 한 여성의 패션. 1920년대에 유행했다.
22) 나게부시(投節) : 낮은 가락의 샤미센(三味線)에 맞춰서, 노래의 끝을 내뱉듯이 부르던 에도(江戸)시대의 유행가.

현대의 실상을 이해하고
부인의 생활을 개선하자

塚元はま子

중등지리교과서에 —일본이 존재하지 않았다—

현대인인 여러분에게 새삼스레 '현대인을 이해할 필요'에 대해 이야기하는 것은 정말 이상하지만, 지금 우리들은 각 부분의 실제 상황에 있어 '현대'라는 말을 더욱 연구하고 이해할 필요가 있습니다. 예를 들면 현대 우리나라는 세계적으로 어느 정도의 지위에 있을까 — 지구상에서 일본의 국가적인 입장을 아는 것도 그중 하나입니다.

이야기가 다소 과거로 거슬러 올라가지만 1887년에 도쿄 오차노미즈(お茶の水)에 있는 어느 여자고등사범에서 세계 선진국에서 모인 중등학교용 교과서의 내용을 조사한 적이 있습니다. 당시 저도 일개 학생으로 재학하고 있었는데, 놀랍게도 미국과 유럽의

중등지리교과서에는 일본이 명기되어 있지 않았습니다. 물론 일본의 위치에 섬 모양은 있었지만, 따로 식별을 한 재팬이라는 글자도 없고 설명도 없었습니다. 때마침 그때는 독일이 마셜제도를 영토로 영입했기에 지금과는 상당히 다른 과거의 시대였지만, 아무튼 각국의 중등학교 수준에서는 일본이라는 나라가 거의 인정되고 있지 않았습니다. 안타깝다고 해도 불평을 말해도 어쩔 수 없는 일이었습니다. 무엇보다도 이는 중등학교 수준의 문제로, 상업상이나 군사상, 외교상 또는 전문학교 이상의 교과서에서는 우리나라의 존재가 이미 세계적으로 인정받고 있다는 사실은 두말할 필요도 없습니다.

그 후 아시는 것처럼 일청과 일러 전쟁을 거쳐 우리나라의 지위는 완전히 변했고, 세계의 표면으로 드러나고 각국에서도 확실하게 인정하게 되었습니다. 그러나 이는 단순히 인정받았다는 것에 지나지 않았고, 예의 발칸반도 분규와 같이 당시 유럽제국에 이상한 기운을 가져온 문제 등에 관해서 일본은 참견할 자격도 없거니와 상담조차도 해오지 않았습니다. 그 후— 1914년부터 1918년까지 이어지던 세계대전이 종식되자 전쟁에 참가했던 일본의 지위도 이전과는 완전히 달라졌습니다.

우선 파리에서 열린 파리 강화회의에 우리나라도 대표로 참석하게 되고, 워싱턴시의 평화회의에서 세계 인류의 영구적인 평화는 어떻게 확립해야 할지에 관한 논의를 할 때에는 도쿠가와(德川)

공 외 대표자가 참석하여 제안도 하고 토론도 했습니다. 그리고 그 언행이나 의견이 하나의 중요한 발언으로 전 세계에 보도되었습니다. 게다가 요즘 스위스 제네바에서 영·미·일 삼국이 해국군축회의를 열고 있습니다. 아무리 거기에서 각종 선전이 행해지고 다소간의 오해가 있다고 해도, 이 회의에서 미래의 평화가 확보되고 전 세계의 인류가 안심하고 살 수 있는 인류휴척(休戚)에 관한 문제가 일·영·미 사이에서 협의된다고 하는 사실은 실로 경탄에 마지않을 수 없습니다.

지금부터 40년 전에는 전혀 상대도 되지 않았던 일본이 오늘날과 같이 진보할 수 있었던 것은 메이지 천황의 뛰어난 덕행을 시작으로 신하의 보좌에 의한 것임은 물론이고, 동시에 우방제국도 선배로서 우리나라를 이끌어준 주위의 모든 상황이 좋았기 때문입니다.

어쨌든 8천억 달러의 부를 가졌다고 하는 미국이나 빅토리아 여왕시대부터 영토에는 저무는 날이 없다고 하는 3천억의 부가 있는 영국에 비해 동양의 작은 나라인 일본이 세계의 평화와 국방문제에 대해 의논할 수 있는 특권을 가지고 있다는 사실을 결코 가볍게 생각해서는 안 됩니다. 그리고 현대를 살아가는 우리들은 그에 걸맞은 활동을 해야 합니다.

시즈오카(靜岡)에서 도쿄까지 ―50리 여행길에 오른 5일간―

옛날과 달라진 점은 일본의 세계적인 지위만이 아닙니다. 사회 상태의 변화는 더욱 두드러집니다. 지금의 젊은 사람들은 상상도 할 수 없을 정도로 진보한 일례를 들면, 우리가족은 도쿠가와의 하타모토(에도시대에 장군에 직속된 무사, 역자)로 유신 때부터 시즈오카로 옮겨서 살았는데 도쿄에서 공부할 때―1885년에 도카이도(東海道)에는 아직 기차도 자동차도 다니지 않았습니다. 그때 학생 신분으로 인력거를 탈 수도 없어서 짐을 어깨에 지고 끈을 십자로 동여매고 치마를 말아 올린 후 양산을 지팡이 삼아 50리 길을 터벅터벅 걸어야 했습니다. 요코하마(橫浜)에 도착해서 한동안 기차를 탔지만 무슨 방법을 써도 5일은 걸렸습니다. 지금은 급행을 타고 4시간 반 걸리죠. 이런 5일과 4시간 반이라는 시간적 거리만으로도 사회의 진보를 여실히 나타낸다고 할 수 있습니다. 그 외 건물이나 전등, 가스, 수도와 같은 것들을 보면서 옛날보다 생활이 편리해진 점을 생각하면 감사하는 마음이 넘칩니다. 그러나 이렇게 국가의 지위가 높아지고 사회의 문화가 진보는 했지만, 도대체 부인의 생활은 어떨까요?

생활이라고 하면 아침에 일어나는 일도 저녁에 자는 일도 모두 생활의 일부이고 일상적인 일부터 관혼상제, 말하는 일도 생각하는 일도 생활이지만, 표면적으로는 그렇다 치고 한번 가정의 부엌문을 가만히 보면서 조용히 생각해보면 어떨까요? 사회의 진보나 제네바 회의와 비교해 그에 걸맞은 생활을 하고 있는 걸까요? 사물을 그냥 있는 그대로 보기만 하는 무신경한 사람도 있지만, 옛날을 생각하고 지금을 생각하면 감개무량해집니다.

예를 들면 우리들의 의식주는 어떨까요? 주변에 있는 가구는 시대에 어울릴까요? 부인의 의복은 어떤가요? 가마를 타고 왕래했던 시대의 옷을 지금도 답습하고 있는 건 아닐까요? 여자의 영역에서 가장 중요한 일 ─ 재봉에 대해 여러분은 어떤 연구를 하고 어떤 결과를 얻으셨나요? ─

목화와 모직물의 원료 ─한해 수입액은 약 9억 엔─

현대는 옛날처럼 자급자족으로 국가가 유지되지는 않습니다. 일상의 의식주도 외국의 신세를 져야합니다. 예를 들면 우리들이 평소에 입고 있는 목화의 원료는 인도나 아메리카에서 왔습니다. 1년 전까지는 전액의 10분의 9 정도였는데, 작년 말에는 100분의 95이상을 외국의 공급에 기대해야 하는 상황이 되었습니다. 오늘날 우리나라의 경제상황은 농가에서 목화를 재배하는 것만으로는 타산이 맞지 않아 옛날처럼 면을 만들 실을 뽑아 직접 염색을 하거나 하는 일은 없습니다. 따라서 목화의 수입액이 약 6억 엔이나 되는 것입니다. 이 6억 엔이라는 금액을 상상해보면, 일본 대장성(한국의 재정경제부, 역자)의 1년 경영비가 16억 엔이니까 일본의 큰 부엌에서 식사준비를 하는 3분의 1과 같은 금액이 쓰인다고 생각하면 꽹장한 금액입니다. 물론 그중에서 3억 엔 정도는 방적(紡績)과 가공을 해서 목화실과 천으로 수출을 하니까 전부 소비하는 건 아니지만 속옷이나 수건 등에 사용되는 면은 검약할 수가 없습니다. 이런 일상의 필수품도 우리들이 한 번 생각해봐야 합니다. 어쩔 수 없는 일이라고 해도 장난감용 사진기도 한때는 수입액이 백만 엔을 돌파한 적이 있었는데, 별로 건전한 상태라고 생각하지 않아 상공성에서도 골치를 썩인 일이 있습니다.

의류에 사용되는 모직물의 수요가 근래 들어 눈에 띄게 증가한 사실은 두말 할 필요도 없습니다. 특히 추운 조선에서 국경경비를 하는 경관에게 모직물 방한복이 없으면 견딜 수 없습니다. 나사나 세루 등은 일반적으로 필요하며 여자가 털실을 사용한다고 이를 사치스럽다고는 할 수 없습니다. 하지만 여기에 필요한 원료―울의 수입액은 한 해 3억 엔입니다. 일본에서는 거의 생산되지 않고 가공해서 수출하는 것은 50만이나 100만 정도입니다. 나머지는 국내에서 사용되고 있으니 의류에만 필요한 6억 엔의 원료를 매년 외국에서 사들이는 것입니다. 또한 염료도 우리나라에는 아직 수요에 충당할만한 생산이 불가능합니다. 생사라든지 비단은 세계 수요의 58프로 정도를 일본에서 판매한다고 하니 수출품의 효자상품이니만큼 조금이라도 상황을 살펴 외국에 공급해야 합니다.

그리고 수입품인 면과 모직의 원료도 국산품인 비단처럼 생각하고 합리적으로 소비하기 위해 고민하고 또 고민해서 낭비하지 않는 생활을 해야 합니다. ― 보관부터 세탁하는 방법까지 꼼꼼한 주위가 필요합니다.

때때로 나들이옷을 어루만지며 즐긴다 ―시대에 뒤쳐진 부인의 자랑―

남자분에 관한 건 잠시 접어두고 부인이 먼저 주의해야 할 일은 피복류에 금전을 고정해서는 안 됩니다. 지금시대의 피복에 대한 생각을 바꿔야합니다. 요즘 신문에서 어떤 회사를 구제하기 위해 예금부의 돈을 유용하는 일에 대한 시비가 상당히 격하게 논의되고 있습니다. 하지만 이 논쟁을 보면 우리들의 영세한 예금도 상당한 금액이 되어 교육조성이나 도로개수, 위생시설 등은 물론 사회 각 방면에 걸쳐 유용되어 큰 공헌이 가능하다는 것을 알 수 있습니다. 게다가 그 돈은 어디까지나 그 사람의 소유임에는 변함이 없습니다.

그런데 대부분의 여자는 의류가 많은 것을 좋아합니다. 의류가 여러 벌 없으면 불안해서 고심해서 만든다고 합니다. 그중에는 한 벌에 백 엔이나 하는 것도 있는데 이렇게 만든 나들이옷을 1년에 다섯 번이라도 입으면 그나마 다행이지만, 360일 동안 무의미하게 서랍 속에 보관해둡니다. 그중에는 색이 발하거나 천이 상하거나 유행에 뒤처지거나 해서 좋은 옷을 가지고도 썩히다가 정작 10년 후에 팔려고 하면 4분의 1 가격으로 떨어집니다. 아주 잘해봤자 3분의 1 정도로 팔린다고 합니다. 실로 천만부당한 이야기로 만약 그만큼의 돈을 예금해 둔다면 대충 계산해도 두 배의 금액으로 늘릴 수가 있을 것입니다.

세계에서 일본인만큼 생활비중 피복비에 드는 비용이 많은 국민은 없다고 하는데, 옛날 부인들은 현대처럼 책을 읽는 재미와 같은 취미가 없었기에 때때로 옷장의 깊숙한 곳에서 나들이옷을 꺼내어 햇빛에 말리거나 어루만지거나 문지르거나 하면서 자신을 위로할 수밖에 없었습니다. 하지만 지금은 의식 있는 오락도 있고 수양도 할 수 있습니다. 무엇하러 힘들게 의류에 집착할 필요가 있을까요? 옷이 많이 없으면 부끄럽다든지 불안하다고 하는 것은 굉장한 시대착오적인 생각입니다.

답례를 고민하다 ─허례에 찬 증답품─

　의류에 낭비가 심한 것과 함께 일상용품인 가구도 생각해야할 여지가 충분히 있습니다. 어떻게 하면 부인이 가사를 능률적으로 증진해 갈 수 있을까를 연구해야합니다. 독서나 집회를 통해 얻은 지식에 나름대로의 공부를 더해야 합니다. 아무튼 현대의 부인생활은 남자보다 뒤처져있기에 남녀는 차의 양 바퀴 같다고는 해도 부인이 낮춰야 같아질 수 있습니다. 이는 종래 교육의 기회가 균등하지 않았고 생활에 있어서도 여자에게는 여유가 부족했기 때문인데, 육체적으로도 정신적으로도 가능한 한 여유를 만들어 생활했으면 합니다. 그러기 위해서는 우선 구 막부시대의 유물인 허례나 선물을 주고받는 폐습을 없애야 합니다.

　사람은 원래 사교성이 있고 아기라도 누가 곁에 있는 것을 좋아합니다. 로빈슨 크루소는 무인도에 표류했을 때 앵무새에게 사람 말을 가르쳐 친구로 삼았다고 합니다. 노파가 고양이를 상대로 이야기하는 모습은 자주 볼 수 있는 풍경입니다. 교제를 한다든지 친구를 찾는다든지 하는 행위는 인간성의 발로이지만, 설과 추석에 하는 선물에는 아무 의미도 없고 단순히 오추겐(お中元)이니까 물건을 보내고, 받았으니까 답례를 하는 것입니다. 그것 때문에 상대의 마음을 헤아리거나 물건의 가격을 추정하거나 자신

의 지위를 고려하거나 하면서 별로 도움도 되지 않는 맘고생을 해야 합니다. 따라서 그런 걸로 고민하다 모처럼의 호의를 망치거나 진심에서 우러나오지 않는 선물을 하는 사람이 생깁니다. 더 심한 경우는 지인이 출산이나 결혼하는 것을 저주하게 되거나 선물을 받고 오히려 당혹스러워 하기도 합니다. 아기를 위해 받은 모슬린의 배냇저고리가 엄마의 저고리가 되거나, 깊숙한 곳에 두어 벌레를 먹거나 합니다. 천하에 이 정도로 경제적이지 못한 이야기가 있을까요? 아무튼 선물은 진심으로 상대의 마음을 생각해서 사랑과 정성으로 해야 합니다.

의리를 모르는 사람이라는 말을 들어도 —자신을 희생할 각오를 다져라—

우리들의 주택도 지금은 너무나 손님 위주로 되었습니다. 현관에서부터 응접실, 손님방은 훌륭하게 해놨어도 주부의 머리를 쉬게 하고 수양이라도 할 수 있는 방은 실로 빈약하기 짝이 없습니다. 남편의 방도 그렇지만 아이들 또는 노인이나 환자가 있는 경우에도 마찬가지입니다. 아내가 집중을 하려는데 옆에서 시끄럽게 떠들어 마음의 안정을 찾지 못하면 여자의 향상은 바랄 수 없습니다. 여자를 다른 곳에 사용하는 것도 좋지만, 머리를 써서 주거에 관한 일도 충분히 생각하면서 세상에 대한 이해력을 가져야 합니다. 오로지 전통적인 생활에 만족하지 말고 다음 시대의 국민—멀지 않은 미래의 사람을 만들어 내기 위한 소양을 가져야 합니다.

그러기 위해서는 가령 어떤 사람에게 안 좋은 소리를 듣는다 해도 자신을 희생할 각오를 다지고 모든 불필요한 허례허식을 없애야 합니다. 그리고 모든 사물에서 근심되는 일들은 피하겠다는 마음가짐이 중요합니다. 여러분이 묶고 있는 머리도 1887년경에는 체면이 서지 않는다는 이유로 자유롭지 못했던 것입니다. 즉 우리들은 현대일본의 지위를 생각하고, 그에 걸맞은 부인으로서의 입장을 지키기 위해 노력하며 일상생활을 개선하기 위한 마음가짐으로 잘 생각하고 행동하는 사람이 되고 싶다고 생각하는 바입니다.(강연요지)

―婦人平和協會幹事 塚元はま子,
「現代の實情を理解して婦人の生活を改善せよ」, 『朝鮮及び滿州』, 1927年8月

현대여성의 재출발

京城府時局總動員課 三吉明

역사가 흥미롭게 언급되고 있다는 점은 재미있는 일이라고 생각한다. 그리고 시대성이라고나 할까? 역사를 읽는 일이 크게 장려되고 있고 이와 더불어 다양한 각도로 쓰인 책도 많이 간행되었다. 이들 중 몇 권을 손에 들어 새삼스럽게 역사가 만들어지는 시대와 격동의 세월, 그리고 흥망성쇠를 생각한다. 최근 10년 정도의 일본역사를 후세의 역사가가 어떻게 표현할 것인지도 생각해 본다. 그리고 그런 역사 속에서 살아온 나 자신 인간으로서의 역사를 생각해 보는 일도 흥미롭다.

제 1차 세계대전 후 여러 가지 일들이 새로운 문제로 언급되었다. 지금까지 대수롭지 않게 지나온 일들을 새롭게 조명해 본질까지 파고들게 된 것이다. 엘렌 케이의 말을 빌릴 필요도 없이 부인과 아동과 노동자의 문제가 중대한 사안으로 떠오른 것은 사실이다.

역사가 표면으로 드러나는 급격한 변화로 인해 발생한다는 착각을 버리고 투명하게 관찰해보면, 그 저변에는 완만하고 게다가 끊임없이 흐르고 있는 것이 있다는 사실을 알게 된다. 이와 마찬가지로 제2차 세계대전의 격심한 변화 속에 새롭게 조명을 해서 생각해야 할 문제에 부인 문제가 있다는 사실을 깨닫게 된다. 특히 성전(聖戰)의 4년을 보내온 우리나라 역사에서 지금만큼 부인문제를 다뤄야 하는 중요한 시대는 없을 것이다.

분명 현대의 우리나라 여성이 성전 목적달성의 중요한 역할을 짊어지고 묵묵히 그 책임을 다하고 있다는 공적은 인정해도 좋다. 익숙하지 않은 경제계의 변동이나 통제(統制)에 순응하며 가정 경제의 살림을 이룬 공적은 이루 다 헤아릴 수 없고 예사롭지 않을 정도라고 생각하기 때문이다.

지금 우리나라는 신체제의 중요한 여명기에 서 있다. 그리고 이 신체제가 어떤 형태를 이루게 될지 아직 독단적인 판단은 허용되지 않지만, 정치와 문화의 각 분야와 병행해서 부인 문제 또한 염두에 두고 있다는 사실에는 주목해야 한다. 과거 정동연맹(精動聯盟)23)을 개편할 때에도 부인이 어떠한 형태로 협력 가능한지에 대한 다양한 논의가 있었다. 그러나 지금은 거리의 이동추진

---

23) 국민정신총동원(國民精神總動員)의 줄임말로 1937년 9월부터 행해진 정책 활동의 하나이다. 국가를 위해 자신을 희생하고 최선을 다해 국민정신, 멸사봉공(滅私奉公), 소비절약, 저축장려, 노동봉사, 생활개선 등을 추진한 운동이다.

대(移動推進隊)라도 되는 것처럼 상대에게 정동연맹의 취지가 적힌 카드를 살짝 보이고 반성을 촉구하는 역할을 맡고 있다고 한다. 만약 여성에게 정동연맹의 중요한 지위가 부여된다면 오늘날처럼 파마를 망국발(亡國髮)이라고 하거나 또는 망국화(亡國靴)나 망국모(亡國帽)라는 슬픈 일본어가 남용되지는 않았을 것이다. 그러나 이런 것은 부인 스스로가 깊이 반성해야 할 일로 결코 지위를 주지 않은 남성을 비난하기에는 적합하지 않다. 여성의 상투적인 수단으로 자주 이용되는 남성의 동정과 이해가 없어서라며 눈물로 애원해서 승낙을 받아내는 태도가 일부에서 나타나는 것은 자신의 비굴함을 폭로하는 무능한 곡예에 지나지 않다. 이는 실로 협동정신과 단체 활동의 빈곤에서 비롯된 것이라 할 수 있다. 부디 이번 신체제에서만이라도 버스를 놓치지 않으려고 급하게 당을 해산한 정당의 추함을 저주하기 이전에 부인 스스로가 그 버스를 놓치지 않기를 기도를 할 뿐이다.

여성사 중에서 현대만큼 조직적인 단체 훈련이 요구되는 시대는 지금까지 없었다. 각양각색의 부인 단체의 비슷한 회합에 매일 목적을 바꿔가며 출석해야 하는 일은 처음 겪는다. 그러나 예전의 우물가 아낙들의 잡담은 황군의 위문봉지와 폐품회수, 사업자금의 획득과 애국반의 운동 그리고 가정방호조합 노동에 이르기까지 비록 통제되지 못한 결함이 있었다고는 해도 여성을 가정이라는 방공실에서 끌어내어 바깥공기로 해소시키는 것 이상의 신선함이 있는 활발한 단체훈련이었다. 그리고 이 급격한 변화 속에서 다소의 희생과 더불어 과거에는 경험하지 못한 교훈을 뼈저리게 느꼈을 것이다.

과거의 여성만큼 에고이스트는 없다. 이는 모성이 가진 애정의 본능에서 생겨난 거라고 하는 페미니스트의 말을 나는 배격한다. 이것이야말로 교양의 문제이고 학교교육과 사회훈련의 결함이라고 말하고 싶다. 그리고 이 에고이즘이야말로 오늘날 여성을 불행하게 만든 최대의 원인이다.

이것은 여담인데, 나는 매달 한번 부민관에서 학우영화회를 열고 중등남녀생도와 소학아동에게 오락과 교양을 목적으로 한 영화를 보여준다. 그리고 막연하게 영화를 보여주는 것이 아니라 이곳에서도 학교과외훈련이라는 의미로 질서와 정리를 엄격하게 지키게 한다. 3, 4년 전 창업시대 일인데 통제를 어지럽혀 큰 혼란을 일으키거나 줄을 흩뜨려서 부상자를 만들거나 하는 사람은 대부분 말을 잘 듣고 얌전하다는 여생도인 경우가 많았다. 담당자가 얼마나 목소리를 높이며 땀을 흘렸는지 모른다. 결국에 여생도의 날 당번 서는 일이 싫다고 하는 중학생을 건방지다고 말하는 담당자도 있었지만, 그보다는 오히려 그런 건방진 중학생이 여생도보다 말을 더 잘 듣는다고 하는 담당자까지 생길 정도였다.

며칠 전 버스를 타려는데 적힌 표어를 지켜 일렬로 서 있는 줄을 흩뜨리고 먼저 타려고 한 사람은 어느 관청의 배지를 단 젊고 아름다운 여성이라 기가 막힌 적이 있었다. 이는 실로 훈련되지 않거나 여성의 에고이즘에서 기인된 것임은 당연하다. 그런데 여성이 이런 행위를 용감하다거나 신여성이라거나 하면서 자만에 빠져있는데도, 여성을 먼저 태우는 일이 마치 신사의 예의라도 되는 것처럼 행동하는 남성에게도 사회질서를 어지럽히는 책임의 반을 지게 해야 한다.

우리나라의 사회는 여성에게 너무나도 그릇된 관대함과 비굴한 습관을 들이게 해서 그로인해 오히려 여성을 무지로 몰아내고 그녀들의 권리와 의무를 빼앗아버린 것은 아닐까? 드디어 이러한 인습과 시대착오를 정정해야 할 때가 왔다. 그리고 우리나라 여성사는 그녀들 즉 여성의 손에 의해 다시 쓰여야 한다. 그럴 경우 무지가 여성의 애정인 척하며 사회에 모든 책임을 지게 하는 어리석음을 또다시 반복하지 말고 대동단결하여 우리나라에서 말하는 도의국가 건설에 종횡무진해야 한다.

또한 오늘날처럼 급변하는 경제계의 변동이 도덕에조차 격심한 변화를 초래하는 일은 어쩔 수 없다. 이미 과거처럼 자유와 평화를 찬미하는 결혼은 현대청년에게 요구되지 않으며 이런 일은 여성을 더욱 불행하게 만든다는 사실은 부정할 수 없다. 여성을 가정에 안주시키는 일은 불가능해졌다. 따라서 필연적으로 여성에게도 노동이 요구된다. 이러한 사실 파악이야말로 신여성에게 주어진 큰 십자가이며 또한 이 십자가야말로 과거 여성이 경험하지 못한 환희를 느끼게 해 주지 않을까?

그러나 현대여성에게는 놀이가 지나치게 많다. 여학교든 또는 직업부인이든 대부분은 결혼을 하기 전까지의 시간 때우기이기에 대체로 교양이나 인격을 향상 할 수가 없다. 그녀들의 귀중한 청춘시대가 내 것도 아니면서 아까워서 참을 수가 없다. 또한 한편으로 와다산조(和田三造)[24] 화백의 말처럼 현대여성은 옛날 여성들에 비해 색감에 민감하고 화장으로 개성을 강조하는 일에 의미를 두게 되었고 이러한 색의 조화와 배합은 화려한 색채감으로 감동을 준다. 그녀들이 파마를 하고 세련된 복장을 하고 큰 백을 들고 양재연구에 능하다고 하는데, 과연 과거의 여성들이 바느질에 능한 것과 본질적으로 어느 정도의 차이가 있을까? 때때로 면허나 자격증을 돈으로 획득한 실력은 부족하면서 자신감만 넘치고 외모뿐인 여성이 배출되는 일은 국가와 사회에 마이너스 영향을 끼칠 뿐 건전한 공헌이 아니라는 사실을 알아야 한다. 최근 정동연맹이 여성의 틀어 올린 머리나 복장만을 가지고 잔소리 하는 것은 회고적인 취미에서 나온 시어머니의 잔소리와 같고 그래서 시어머니가 트집을 잡으려는 것 같다고 말하는 사람이 있는데, 이는 정말 억지스런 변명에 지나지 않다.

---

24) 와다산조(和田三造, 1883년 3월 3일-1967년 8월 22일) : 서양화가, 판화가.

국난 3년의 경험은 특히 여성에게 있어서는 저축, 쌀의 절약, 섬유문제 등 수많은 첫 경험을 맛보게 했다. 비록 여전히 그 정신을 정확하게 파악하지 못해 각 단체의 대립으로 소모되는 슬픈 결함이 남아 있다고는 해도, 지금까지 등한시해온 단체생활의 훈련은 현대여성에게 반성이라는 귀중한 기회의 은혜를 가져다주었으며 이는 결국 사변(事変)이 가져다 준 최대의 선물이 아닐까? 지금 시국에는 국민의 완전하고 강력한 일원적 결합이 가장 중요한 사안이라는 사실은 말할 필요도 없다. 여성이 그 중대한 사명을 완수하여 다음 시대에 나타나게 될 성과를 자랑스럽게 생각해야 한다. 그리고 예를 들면 사치품의 제조판매 금지에 따라 상점가의 정리 판매를 좋은 기회로 삼아 당장 샤미센이나 기모노 띠를 사둬야 한다는 어리석음을 하루라도 빨리 버려야 한다. 그리고 과거 미국에서 전 여성의 불매동맹이 결국 저물가정책을 시행하게 했던 정도의 생각을 현대일본여성에게도 기대할 수 있어야 한다. 이러한 생각을 통해 우리나라의 물가정책을 가정의 주부 스스로가 암거래로 유인하지 않고, 결혼의 첫 번째 조건으로 꺼림칙한 병의 박멸을 위한 신체 검사증 제출을 남성에게 요구할 정도의 용감한 자각이 없는 한 여자가 약하다는 낙인은 영원히 지워지지 않을 것이다.

자본주의 생산기능에서 보면 마치 문화의 후퇴처럼 보이는 지금의 사치품 제조판매 금지를 계기로 간소한 소수의 물건을 늘

청결하게 정돈함으로 발현되는 새로운 미의 창조와 현대일본이 요구하는 정신의 모체야말로 현대여성에게 기대하는 중요한 부분이다. 지금 우리나라에서는 다양한 입장에 서 있는 사람들이 자신의 입장에서 모든 능력을 발휘할 수 있는 새로운 조직이 요구되고 있음을 자각해야 한다. 그리고 역사가 만들어지는 이 시대에 우리들은 투명한 지성의 관찰을 통해 그 저변에 흐르고 있는 것의 힘을 되돌아봄과 동시에 자신의 인간으로서의 역사를 차분히 생각해보는 일 또한 유념해야 한다.

— 京城府時局總動員課 三吉明, 「現代女性の再出發」, 『朝鮮及滿州』, 1940年 9月

3부
일상과 비일상
사이의 여성들

근대 '여자' 품행기

森凡

어쩌면 이는 내 독특한 견해라고 할 수도 있지만, 도쿄의 여성들은 열이면 열 모두 XX처럼 보인다. 특히 밤에 긴자(銀座)에 나오는 아가씨들과 마담처럼 보이는 여성, 게다가 전혀 정체를 알 수 없는 무수한 여자들이 주고받는 눈과 입술, 그리고 어깨와 가슴이 모두 이성을 향해 도전적이며 매혹적으로 불타고 있다.

긴자라는 화려한 분위기가 그녀들을 그렇게 만드는 건지 또는 그런 여성들이라서 일부러 긴자를 찾아 들떠서 돌아다니는 건지. 그건 정확하게 말할 수는 없지만 적어도 이런 관찰이 내 자신이 그런 방면으로 루스한 남자이기 때문이라고만은 할 수 없다. 특히 현대 새로운 정신의 사람들이라면 봉건시대의 헛된 꿈을 꾸고 있는 거라고 웃어넘길지도 모르겠다. 하지만 훌륭한 남편이 있는 여성이 아무렇지도 않게 XX를 하고 있는 것에 놀란 적이 한두 번이 아니다. 또한 일본이라는 나라에서는 미망인이라는 사정이 있다고 해도, 일단 비난받을 일이라고 생각하는 나에게 있어 남편이 있는 여성의 그런 무수한 연애유희에는 일종의 전율까지 느낀다. 물론 유럽 등지에는 XX죄라는 법률이 없는 나라도 있으니 남성만 묵인이 되고 여성이기 때문에 법률로 구속한다는 것은 보는 시각에 따라서는 편파적일지도 모른다. 하지만 그렇다고 해도 아직 구식 껍데기를 다 걷어내지 못한 탓일까. 그런 도쿄의 공기에 나는 왠지 두려움 같은 불안감을 완전히 지울 수가 없다.

"먼저, XX죄라는 게, 글자가 말도 안 돼, 부인공민권을 인정하려는 일본에 이런 법률이 존재한다는 사실이 이미 일종의 국치라고" 하며 아무렇지도 않게 말하는 친구가 있다. "모두 자유야, 남녀동권의 자유연애라고. 옛날부터 첫째는 유부녀 둘째는 첩이라는 말도 있잖아, 자신의 마누라는 열한 번째나 열두 번째로 가장 꼴찌라는 건 다 아는 사실이야……" 재미로 결론을 이끌어 낸다면 어쩌면 그럴 수도 있다.

나는 조선에서 돌아오자마자 노는 친구에게 자주 이런 이야기를 들었다. "이봐, 도쿄 생활의 행복은 여기에 있는 거라고. 도쿄는 자유로우니까 말이지, 도쿄에서는 남편이 바람을 피운다고 해서 이혼청구 소송을 하는 바보 같은 여자도 없고, 그 대신 마누라가 XX했다고 형무소에 처넣어버리는 멍청한 남편도 없단 말이지……"라고. 그리고 사회도 이런 일에 관해 실제로 무관심하다.

"역시 훌륭한 도쿄군"

하고 기뻐하는 사람은 이런 종류의 노는 친구들만이 아닌 모양이다.

문단 대가의 품에서 젊은 제자에게로 몸을 피한 XX코(子) 부인, 최근 의옥사건(疑獄事件)과 연루된 어느 정당 거두 부인과 비서의 이야기, 니혼바시(日本橋)에서 유명한 △△ 상회 사장 부인과 XX 화백, 사루노스케(猿之助)와 XX부인, 게이오(慶應)보이와 △△ 귀금속상사 사장의 아내, 어느 극장 지배인의 처와 소설가 △△△△ △, 이불(蒲団)의 XX와 동거해버린 △△△△의 본처…… 등등.

노는 친구의 이야기를 듣고 처음으로 그런 일에 관심을 가지게 되었던 내 짧은 과거의 1년 동안에도 사람들 사이에 소문이 된 그런 자유연애 사건은 수를 셀 수 없을 정도로 많았다. 설령 유명무실한 거나 마찬가지라고 해도 이에 대해 벌할 수 있는 법률은 존재하지만 결국은 빤한 결과일 뿐이다. 미망인, 딸, 직업부인, 바의 여자 등등…… 이것은 말해봤자 입만 아플 뿐 아무 쓸데도 없는 이야기이다.

대체로 밤의 긴자라는 곳은 용건이 있는 인간이 걷는 곳이 아니다. 물건을 사려면 신주쿠(新宿) 쪽이 조금이라도 더 싸고, 남편을 찾는다면 뒷골목의 으슥한 바를 들여다보는 편이 낫다. 긴자는 분을 칠하고 가면을 쓴 남자나 여자가 우연히 생기는 어떤 기회를 잡으려고 모여드는 곳이다. 따라서 여성은 다른 사람에게 보이기 위해 최대한 아름답게 치장을 하고 걷는다. 남성의 눈을 보라. 아무리 쇼윈도 장식이 훌륭하다고 해도 네온사인이 자극적인 색을 발한다 해도 그런 것들에는 조금도 가치를 두지 않는다. 저 호기심과 뻔뻔함으로 이글이글 불타는 남성의 눈은 오가는 이성의 눈초리를 쫓으며 지나가는 여자의 둔부를 감상하는 일에만 사용된다. 그래서 긴자에는 때때로 하라아사오(原阿佐緒)[25]처럼 튀는 모습을 한 여성이 나, 먼저 세상을 떠난 기타무라 가네코(北村兼子)[26]처럼 수영복 위에 망토만 걸친 채 걷고 있는 여성이 나타나는 것이다. 만약 시세이도(資生堂) 옆에 파출소가 없었다면 드로어즈 하나만 걸치고 활보하는 여성이 나타날지도 모른다.

긴자를 걸어가는 여성들의 무리가 제도(帝都)의 메인 스트리트를 장식하는 밤의 꽃인 이상 이와 대립하는 남성이 그 꽃을 차지하는 벌인 것은 당연하다. 긴자에 발을 들인 남녀의 기분이 이미 그런 상태인지라 눈과 눈, 어깨와 어깨, 손과 손이 닿는 순간, 그런 환경에서 솟구친 향락적인 유희의 본능이 석화처럼 빠르게 중단되는 것도 당연한 결과이다. 긴자가 낳은 몇 개의 연애사건, 그

---

25) 하라 아사오(原阿佐緒, 1888년 6월 1일-1969년 2월 21일) : 가인(歌人). 단가 기관지인 『아라라기(アララギ)』 아라라기 여류 신예 가인으로 인정받음. 미모가 뛰어나 젊어서부터 여러 가지 연애문제를 일으켰다.

26) 기타무라 가네코(北村兼子, 1903년 11월 26일-1931년 7월 26일) : 오사카 출신의 저널리스트. 오사카외국어학교 졸업 후 관서대학 법학부 법학과의 첫 여자 학생으로 청강을 하다 재학 중에 오사카 아사히신문 기자로 근무. 퇴사 후 베를린에서 열린 만국부인참정권 대회에 참가했다.

것은 도쿄를 피로 물들게 한다. 저 네온사인의 불빛보다 훨씬 많은 숫자의 사건이 있다는 건 사실이다.

◇

긴자의 어느 백화점에서 십 년 가까이 근무하고 있는 친구가 이런 이야기를 한 적이 있다. "딱 봐도 알 수 있지, 뭔가를 사려고 하는 것도 아니면서 마치 살 것처럼 한번 쭉 훑어보고 위든 아래든 아무데도 가지 않고 그대로 4층이면 4층에만 계속 있으면서 진열장만 쓸데없이 기웃거리는 거야, 그리고 가끔 손목시계를 힐끗 보고 늘 그렇듯 엘리베이터 쪽을 보지. 누가 오나 하고 가만히 지켜보고 있으면 반드시 온다니까. 서로 잠깐 눈으로 인사를 나누고 한쪽이 다른 한 쪽 옆으로 가. 그리고 따로 말을 건 것도 아닌데 둘이 어깨를 나란히 하고 계단을 내려가 버린단 말이지. 나타난 남자는 젊은 사람이 많은데 기다리고 있는 여자는 대부분 마흔 가까이 나이에 옷차림이 단정한 사람이 많아. 실제로 우리 가게 사람 중에 우시코미(牛込) 근처의 어느 상당한 재력가 가정의 부인이 매주 금요일이면 5층에서 젊은 대학생과 만나 어디론가 간다는 걸 냄새 맡은 어떤 남자가 그 부인을 붙잡아 공갈 협박했다는 이야기가 있을 정도라니까……"

나는 오랫동안 긴자를 근거지로 삼고 있는 한 불량청년을 알고 있는데, 그 청년이 이런 이야기를 들려준 적이 있다. "요즘 젊은 녀석들은 아무튼 백화점으로만 몰려간다니까요. 진열장에 서 있는 저 아가씨들은 로봇이지요. 저 여자들은 하루 중 10시간이나 서 있어서 녹초상태잖아요. 저런 사람을 목표로 할 필요도 없죠. 손수건 몇 장 사봤자 저 아가씨들은 연애 같은 감정에 쓸 에너지가 없답니다. 그래서 진열장을 아무 목적도 없이 걷고 있는 손님 쪽으로 시선을 돌리죠. 그러면 생각지도 못한 진귀한 물건이 있답니다. 히비야(日比谷)공원 근처까지 전차로 와서 가능한 특정표시가 찍혀 있는 엔택시[27])를 잡아타고 요금을 30전으로 깎으면서 긴자 포장도로 옆으로 차를 대달라는 용감한 여성들 말이죠. 여자라는 사람은 참으로 이상해서 아무것도 사지 않을 거면서 쓸데없이 시간을 때우려고 가게 안을 돌아다니다보면 이런저런 소유욕이 생겨나는 모양입니다. 그걸 이용하는 거지요. 아주 조그만 찬스를 이용해서 물건에 대해 생겨나는 소유욕을 이쪽으로 돌리게 하는 것뿐이랍니다. 이유는 없어요."라는 것이다. 나는 불행히도 그가 이야기한 구체적인 방법을 한 귀로 듣고 흘려버렸지만, 그 청년이 해준 이야기가 죄다 거짓말은 아닌 것 같다. 몇 가지의 경험과 상대의 이름까지 열거하면서 말할 정도였으니까.

시세이도 옆을 서쪽긴자 방향으로 꺾어서 걸어가다 몇 번째가 골목을 반쯤 들어가면 △△라는 미장원이 있다. 그 미장원 2층에

---

27) 円タク : 一円タクシー의 준말, 다이쇼 말기부터 쇼와 초기에 걸쳐 시내에서 1엔의 균일 요금으로 손님을 태우는 택시.

는 두꺼운 벽으로 나눠진 네 개의 서양식 방이 있는데, 이런 여자 손님들이 안심할 수 있는 휴게실로 애용되고 있다는 사실은 그런 세계의 사람들 사이에는 이미 널리 알려져 있는 사실이다.

사쿠라다혼고정(櫻田本鄕町)[28]에 있는 A·C 아파트, 레이간(靈岸) 언덕 아래에 있는 △△집 등은 지금은 공공연하게 랑데부 룸으로 유명해졌다. 12실이 모두 대실상태인데, 한 명도 눌러 사는 사람이 없고, 어딘가에서 와서 어딘가로 가는지 하루에 몇 팀이나 되는 남녀의 이름도 모르는 집주인이 자동차로 와서 …… 돌아간다. 예전에 교외에 조용함을 간판으로 내건 요리 겸 여관이 있었는데, 지금 그런 곳은 전혀 이용대상이 안 된다. 도시의 안과 밖으로 수도 없이 세워진 아파트에는 주인을 알 수 없는 대실 가능한 방이 하나나 두 개 정도는 있기 때문이다. 아침에는 모두 일하러 나간다. 일하러 나간 샐러리맨이 집을 비운 점심때를 이용해 방문한 다양한 남자와 여자에게 아파트는 조용하면서 다른 사람을 신경 안 써도 되는 밀회장소라고 한다.

이름을 밝힐 수는 없는데 우연한 인연으로 반년 정도 매주 한두 번은 꼭 초대되어 가는 K라는 집이 있다. 주인공은 재계에서

---

28) 니시신바시(西新橋)

상당히 이름이 알려져 있는 부호 중 하나로 나와 알게 된 쪽은 그 집의 여주인인데, 항상 초대되어 가는 날에는 대여섯 명의 젊은 남자가 부인의 응접실에 모여 있다. 차를 마시거나 양주가 나오거나 마작을 하거나 연극이야기를 끝도 없이 하다가 밤을 새고 돌아오는 일이 정해진 일정처럼 되었다. 무엇 때문에 그 부인이 우리들을 불렀는지 아직도 모르겠다. 모르는 일은 그것뿐이 아니다. 지인이 된 지 반년이나 흘렀지만 우리들은 아직 한 번도 그 집에서 주인인 K와 만난 적이 없다.

어느 날 나는 K부인에게, "남편 분은 오늘도 부재중이십니까?" 하고 물어본 적이 있다. 그러자 K부인은 응접실의 커튼을 살짝 들어서 보고 "네 오늘은 아직 귀가하지 않았네요. 남편 방에 전등이 켜있지 않군요." 한다. 아무리 넓은 저택이라 해도 아내가 남편의 귀가를 방의 전등을 보고 확인한다는 이야기를 나는 지금까지 들어본 적이 없었기에 조금 이상하다는 생각이 들었다.

어느 날 K부인에게 나를 소개한 T라는 친구에게 이 이야기를 한 적이 있다. 그러자 T는 "그 집만이 아니야, 어디든 그래. 나는 작년 여름 일주일 정도 그 집에서 묵은 적이 있었지. 어느 날 아침에 정원 연못 옆 정자에서 K부인에게 기쿠치간(菊地寬)의 소설인가 뭔가를 읽어주고 있는데, 거기에 불쑥 파자마를 입은 K씨가 와서 "한동안 얼굴을 못 봤네."라는 거야. 물론 나는 3년 정도나 K씨 집에 출입했지만 K씨와 만난 것은 그때가 처음이었어. 내가

K씨의 친밀한 인사에 너무 당황해서 어쩔 줄 몰라 하고 있으니까 부인은 신경 쓰지 말고 계속 읽어달라고 하는 거야. 체면이 형편없어진 나는 실례라고는 생각하면서도 아무 일도 없었다는 듯이 다시 소설을 읽기 시작했지. 그러자 K씨는 그대로 연못 근처 맞은편으로 황급히 돌아서 걸어가 버렸다네. 그리고 나는 나중에 K부인이 한 말에 또 한 번 놀랐지. XX씨 아무리 그래도 그렇게까지 당황해하면 내가 창피하잖아요, 한동안 못 봤네,라고 K는 당신에게 말을 건 게 아니에요. 그게 나한테 한 아침 인사가 아니라는 거야. 실제로 그 집의 부부는 같은 집에 살면서 열흘정도 얼굴을 보지 않는 일이 종종 있다더라고" 한다.

T의 이야기에 따르면 아직 이 K집 같은 경우는 평범한 수준으로 머지않아 나를 소개시켜 준다는 MA라는 집의 주인은 매월 날을 정해 부인이 사랑한다고 하는 닛카쓰의 배우와 부인을 만나게 해준다고 한다. "그런 건 확실히 변태가 아닐까? 자 어서 가, 잘 다녀와 라니, 마치 내쫓는 것처럼 부인을 교토 근처까지 쫓아 보내는 거야. 아무리 노력해도 우리들은 그 주인의 기분을 알 수 없지. 그리고 일주일이나 열흘 동안 부인이 교토에 가서 그 배우를 만나고 돌아오면 주인은 이삼일 동안 외출도 하지 않고 부인을 사랑해준다는 거야. 어떤 심리인 건지 MA부인에게 물어본 적이 있는데 그냥 웃기만 할뿐 아무 말도 안하더라고. 정말 세상에는 이상한 부부도 다 있어."

T는 그런 이상한 가정에 관한 다양한 이야기를 해 주었다. 세 명의 젊은 첩과 함께 생활하고 있는 O집의 이야기, 네 명 모두 완전히 다른 용모의 아이를 낳은 S부인의 이야기, 일 년 내내 젊은 제비를 데리고 바다와 산에서 생활하는 YO라는 실업가의 아내, 그리고 H라는 법의학자의 부인은 주인 H가 독일유학을 다녀온 5년 동안 두 명의 여자아이를 낳았지만, 아무런 가정문제도 생기지 않고 두 아이 모두 자신의 자식처럼 H집에서 사랑받으며 자라고 있다는 것이다.

나는 요즘 들어 처음으로 도쿄에 사는 사람의 행복을 조금은 알 것 같다는 생각이 든다.

―森凡, 「近代『女』行狀記」, 『朝鮮及滿州』, 1931年 10月

영화 여배우의 사생활
―가마다 촬영소를 엿보다―

영화배우라 하는 직업이 얼마나 현대 아가씨들에게 동경의 대상이 되고 있는지, 그것은 스타의 사택이나 촬영소의 접수처에 여행 가방을 든 채로 찾아와 여배우가 되고 싶다고 호소하며 그곳에서 한 발짝도 움직이려 하지 않는 가출 소녀의 수만 봐도 알수 있다. 지금 닛카츠(日活) 교토 촬영소나 소치쿠(松竹)와 가마다(蒲田)영화 제작소에는 이런 무모한 아가씨들을 응대하며 간곡히 타이르고 보호해서 고향으로 돌려보내는 특별 관계자까지 둘 정도라고 한다. 지난 3월에 가마다에서 행한 10명의 여배우 모집에 1,400명의 지원자가 몰렸다고 하니 대단하다. 얼마나 많은 젊은 여자들이 영화배우를 동경하는지 상상할 수 있을 것이다.

영화에서 보면 여배우의 생활이 화려해보이지만 그 속으로 들어가 보면, 예전에는 꿈의 천국이라고 생각했던 세계도 불경기의 바람이 불어 황폐해진 사회의 일부분에 지나지 않다. 노동자를 착취하는 공장과 아무런 차이도 없다. 오히려 겉으로 보면 화려해도 그이상의 비참함이 있을 것이다.

구리시마 스미코(栗島すみ子)[29]의 월급이 600엔, 가와사키 히로코(川崎弘子),[30] 다나카 기누요(田中絹代)[31] 500엔, 다른 누구는 300엔이라는 등 신문잡지에서는 사실인 것처럼 쓰고 있지만, 그런 기사는 회사 측에서 나온 일종의 광고재료이다. 소치쿠 현대극부의 최고봉급을 받는다고 하는 가와다 요시코(川田芳子)[32]가 월 120엔을 받고 구리시마 스미코가 남편 이케다(池田) 감독과 맞벌이해서 한 달에 받는 봉급이 겨우 200엔 정도다. 다나카 기누요, 가와사키 히로코, 오이가와 미치코(及川道子)[33]라고 하는 지금 잘 나가는

---

29) 구리시마 스미코(栗島すみ子, 1902년 3월 15일-1987년 8월 16일) : 일본영화초기의 인기여배우로 소치쿠의 간판 여배우. 모던하고 화려한 연기로 '일본의 연인', '영화의 연인'으로 불리며 인기를 얻었다. 데뷔작 <양귀비(虞美人草)> 등 다수의 작품에 출연하였다.

30) 가와사키 히로코(川崎弘子, 1912년 4월 5일-1976년 6월 3일) : 여배우. 주로 멜로드라마로 활약하고 애수에 찬 미인으로 톱스타가 되었다. <유부녀 동백나무(人妻椿)> 등 다수의 작품에 출연하였다.

31) 다나카 기누요(田中絹代, 1909년 11월 29일-1977년 3월 21일) : 여배우이자 영화감독. 일본영화의 여명기부터 약 260편의 영화에 출연한 대스타였다. 대표작 <대학은 나왔지만(大學は出たけれど)>.

32) 가와다 요시코(川田芳子, 1895년 10월 17일-1970년 3월 23일) : 일본영화 초창기의 인기 여배우. 고풍스런 일본여성상을 연기해 인기를 얻었다. <섬여자(島の女)> 등 다수의 작품에 출연하였다.

33) 오이가와 미치코(及川道子, 1911년 10월 20일-1938년 9월 30일) : 여배우. 1920년대 후반부터 30년대 전반까지의 일본영화에서 청초하고 근대적인 캐릭터를 연기하여 '영원한 처녀'라 불렸다. <파랑새(青い鳥)> 등 다수의 작품에 출연하

젊은 여배우는 70엔에서 90엔이다. 그리고 열 명씩 묶여 오베야 (大部屋)라 불리는 잡거 기방에 밀어 넣어진 스타의 새싹들은 말할 것도 없다.

현재 가마다 촬영소의 방 하나에는 백여 명의 하급여배우가 미래의 스타를 꿈꾸며 꽉 들어차 있다. 최고 43엔에서 최저 10엔이라는 비참한 생활로 그 외에 견습생이라고 한 푼도 못 받는 사람이 15에서 16명, 5엔짜리 식권 한 권을 받는 사람이 25에서 26명, 전철비와 분을 살 돈은 물론 생활비도 자비로 써야 하는 상황이다. 같은 오베야 기방이라도 와카미즈 데루코(若水照子),[34] 이이즈카 도시코(飯塚敏子)[35] 정도가 되면 머지않아 스타의 최고 자리에 오를 수 있는 상태라 아직 괜찮지만, 그중에는 20년 동안이나 밑바닥에 있는 채 언제 기회가 올지조차도 모르는 사람들이 적지 않다. 그래서 이런 생활이 가능한 것일까. 물론 사회에서도 젊은 처녀가 10엔의 봉급으로 먹고 살아갈 수 없다는 사실 정도는 알고 있다. 따라서 여배우 채용의 조건에 "부모형제 또는 가족의 허락과 당분간 생활이 보장되는 사람에 한 한다."라는 항목

였다.

34) 와카미즈 데루코(若水照子, 1911년 1월 1일-) : 일본의 여배우. <미인과 애수(美人と哀愁)> 등 다수의 작품에 출연하였다.

35) 이이즈카 도시코(飯塚敏子, 1914년 6월 8일-1991년 12월 14일) : 여배우. 전전(戰前) 소치쿠시대극을 대표하는 여배우 중 한명이었다. 데뷔작 <숙녀와 수염(淑女と髭)> 등 다수의 작품에 출연하였다.

이 있다. 이 조건에 맞지 않는 지원자는 아무리 용모가 뛰어나고 채용시험에 합격을 하더라도 여배우가 될 자격이 주어지지 않는다. 따라서 대부분의 여배우들은 언제 올지도 모르는 행운을 꿈꾸며 부모형제가 보내주는 돈을 받거나 부모에게 식구들을 맡겨두고 촬영소에 다닌다.

게다가 말라도 시들어도 영화배우 나부랭이인 이상 색 바랜 기모노를 입고 촬영소에 나올 수는 없다. 여배우를 지원할 정도의 아가씨라 허세와 허영이 다른 사람 두 배는 된다. 교제비도 필요하고 시대의 유행에 뒤처지지 않기 위한 치장도 필요하다. 그래서 어쩔 수 없이 촬영소 외 다른 곳에서 돈 벌 수 있는 일을 찾아야 한다. 스타까지는 아니더라도 한번 이름이 알려지면 자연스럽게 스폰서도 생기지만, 오베야 기방의 밑바닥 처지로서는 좀처럼 이런 좋은 이야기와 연결되지 못한다. 작년 가을에도 제멋대로 행동하는 아가씨들이 유혹에 빠지기 쉬운 일을 하다가 걸려서 스물 몇 명이 대량 해고되는 일까지 벌어졌다.

"가다마 여배우가 오는 집으로 안내하겠습니다."라는 유혹으로 하룻밤 탐험할 수 있는 영광스런 은혜를 얻은 일이 있지만, 결국 나타난 여자는 가와사키 근처 공장에 다니는 아가씨였다. 오베야 기방에 있던 여자들 중 그런 음침한 벌이를 하고 있는 여자도 없지 않다. 하지만 여배우라는 직업을 내걸고 돈벌이를 하는 여자는 일단은 없다는 게 사실일 것이다. 그런 소문이 나기라도 하면 회사는 바로 소문의 주인공을 자를 것이기 때문이다. 촬영소는 스타가 된 후 여러 가지 염문이 나돌아도 눈감아주면서 오베야 기방 여자들의 풍기문제에만은 까다롭다. 매달 두 명이나 세 명이 이런 문제로 촬영소를 쫓겨나는 것만 봐도 풍기문제에 까다로운 것을 알 수 있다.

각선미 여배우라든지 스포츠 여배우라든지 하는 특수한 명목으로 여배우를 모집하는 경우에는 신문에 자주 나오는 것처럼 소정의 시험을 통해 모집한 사람 중에서 채용을 하지만, 대부분의 여배우는 아는 사람의 소개로 채용한다. 그 소개인이 장래에 중요한 역할을 하는 사람이 되기 때문에 소개인의 선택에는 매우 신중해야 한다. 소개인에 따라서는 시작부터 봉급도 좋고 배역도 바로 받을 수 있는데다 실력에 따라서는 초스피드로 유명해질 수도 있다. 제일 중요하다는 감독이 마음에 들지 않아도 감독 또한 회사의 고용인에 불과하기 때문에 "어때? 요전번에 소개한 여자는 물건이 될 거 같나?" 하고 중역이 물어보기라도 하면 "네, 꽤 괜찮은 물건을 발굴하셨습니다." 정도의 공치사는 해야 한다. 만약 중역이 조금이라도 여배우에게 호의를 가지고 있다면 금세 오베야 기방에서 스타로 진출할 수 있다.

별로 효력이 없는 사람의 소개를 받으면 회사 측에서도 입사시켰다는 명분으로 한 달에 10엔 수준의 봉급을 주는 정도라 입사를 시키기는 하지만 타고난 기질을 인정받아 스타로 발탁되기까지는 쉽지가 않다. 원래 영화만이 아닌 무대에서라도 배역을 받지 못하면 아무리 그 사람이 천재적인 재능을 가지고 있다 해도 인정받을 기회는 없는 것이다. 대부분은 이 기회를 얻지 못하고 아깝게도 반영구적인 오베야 기방의 여배우로 끝나버린다.

회사의 중역이나 간부들은 카페나 요정에서 술에 취해 조금이라도 촌티 벗은 여자를 보면 "어때? 과감히 여배우가 되지 않겠나? 반드시 내가 스타로 만들어 줄게."라며 부추긴다. 분명 스타로 만들어 주긴 하겠지만 여기에는 "그 대신에"라는 성가신 조건이 포함된다. 이렇게 해서 교환조건을 수락하여 드디어 입사를 하게 되면 우선 명목적으로 배역은 주지만, 그 여자가 천재적인 재능을 가졌다면 몰라도 그게 아니면 이후 나몰라라가 된다. 결국 "그 대신"에 응한 대가로 비교적 쉽게 입사는 할 수 있었지만, 그렇다고 바로 스타를 꿈꾼다는 건 언어도단이라는 사실이다.

사장인 오다니(大谷) 씨36)는 이 방면에서 상당히 정평이 나있다. 소문으로는 소치쿠 여배우 중에서 오다니씨의 입김이 닿지 않은 사람이 한 명도 없을 거라고 할 정도다. 쓰쿠바 유키코(筑波雪子),37)

---

36) 오다니 다케지로(大谷竹次郎, 1877년 12월 13일-1969년 12월 29일) : 쇼치쿠를 창업한 사업가.
37) 쓰쿠바 유키코(筑波雪子, 1906년 6월 10일-1977년 6월 6일) : 여배우. 10대에 영화에 데뷔한 무성영화시대의 스타였다. 데뷔작 <미카츠키 지로키치(三日月次郎

아쿠모 에미코(八雲惠美子),[38] 예전 여배우 중에는 가와다 요시코에서 하야지 치토세(林千歳),[39] 미즈다니 야에코(水谷八重子),[40] 다카오 미쓰코(高尾光子)[41]와 같이 상당한 재능을 발휘하여 후세에도 이름을 남길 유명 여배우도 다수 배출되었다. 스즈키 덴메이(鈴木博明)[42]의 탈퇴로 인해 시끄러울 당시에 함께 후지(不二)[43]영화로 뛰어든 이노우에 유키코(井上雪子)[44]도 소치쿠 악극부에서 열여섯의

吉)> 등 다수의 작품에 출연하였다.

38) 야쿠모 미에코(八雲惠美子, 1903년 8월 15일-1979년 1월 13일) : 여배우. 초기 소치쿠가마다 촬영소의 인기스타였다. 데뷔작 <첫사랑(初戀)> 등 다수의 작품에 출연하였다.

39) 하야지 치토세(林千歳, 1892년 8월 22일-1962년 8월 21일) : 메이지와 쇼와시대 전기의 여배우로 인텔리 여배우로 유명했다. 대표작 <엄마의 얼굴(母の顔)> 등 다수의 작품에 출연하였다.

40) 미즈다니 야에코(水谷八重子, 1905년 8월 1일-1979년 10월 1일) : 다이쇼와 쇼와기의 여배우. 아역배우로 첫 무대 <안나카레리나(アンナ · カレーニナ)>에 출연해서 무대로 데뷔를 했다. 그리고 신파의 기둥이 되는 인물로 일본 연극계에서 중요시되었다. 주요작품 무대 <파랑새(青い鳥)>, 영화 <겨울 동백꽃(寒椿)> 등 다수의 작품에 출연하였다.

41) 다카오 미쓰코(高尾光子, 1915년 7월 22일-1980년 11월 26일) : 다이쇼와 쇼와기의 여배우. 원조 아역배우로 영화 <폭풍의 춤(嵐の舞)>으로 데뷔했다. <지장이야기(地藏物語)> 등 다수의 작품에 출연하였다.

42) 스즈키 덴메이(鈴木傳明, 1900년 3월 1일-1985년 5월 13일) : 영화배우. 무성영화시대에 활약한 현대극 영화스타. 메이지대학 재학 중에 <노상의 영혼(路上の靈魂)>으로 데뷔했다. <수난꽃(受難華)> 등 다수의 작품에 출연하였다.

43) 후지영화사(不二映畵社) : 1931년 9월에 발족해서 1932년 10월에 해산한 제 2차 세계대전 전에 존재했던 도쿄 영화제작회사. 1931년 9월에 소치쿠를 탈퇴한 스즈키 덴메이와 오카다 도키히코(岡田時彦), 다카다 미노루(高田稔), 와타나베 아츠시(渡辺篤)를 중심으로 우에모리 겐이치로(上森健一郎)가 창립하였다.

44) 이노우에 유키코(井上雪子, 1915년 6월 5일-2012년 11월 19일) : 여배우. 1930년에 스즈키 덴메이의 스카우트로 소치쿠가마다 촬영소에 입사했다. 1931년에 오즈 야스지로(小津安二郎) 감독의 <미인애수(美人哀愁)>에 주연으로 발탁되어,

가련한 처녀로 예기(芸技)팔고 있을 때 덴메이가 눈여겨보다 틀에 박힌 대사 "스타로 만들어 주겠다."는 최후의 수단을 이용해 가마다로 데려온 여배우다.

이런저런 이유로 영화 여배우가 되기 위해서는 일단 입사에 있어 중요한 무언가를 희생할 각오가 되어 있어야 한다. 그리고 입사 후에도 누군가의 눈에 들어 발탁되어 배역을 얻는다고 하자. 이번에는 감독이라는 작자가 이를 생색내면서 이상한 것을 요구한다. 여기가 여배우로서의 분기점이라 할 수 있는 곳으로 모든 것을 알고도 "OK" 하면 이후 그 여배우는 일이 순조롭게 풀린다. 그러나 그런 이해가 없는 사람은 퇴짜를 맞고 바로 오베야 기방으로 되돌려진다. 한번 오베야 기방으로 되돌아오면 그걸 끝으로 10년을 참고 견딘다고 해도 다시 부상할 일은 없다.

게다가 감독만 좋은 구경을 하게 둘 수 없다 해서 이번에는 기사라고 하는 놈들이 손을 대기 시작한다. 이 녀석들은 감독만큼의 권한은 없지만 그 대신 촬영을 하는 영화를 가지고 피해를 준다. 무슨 말이냐 하면 촬영할 때 회전 속도나 광선을 조절하거나 하면서 필름으로 방해를 하는 것이다. 완성된 영화의 중요한 부분에서 장면 사이가 뜨고 느려지거나 하는 건 다 그런 이유에서다. 항상 그 여배우가 클로즈업 되는 장면이 늘어져 있거나 슬픈

<봄의 시작은 부인들(春は御婦人から)> 등 다수의 작품에 출연하였다.

장면에서 웃고 있는 것처럼 찍혀 있거나 해서, 결국에는 여배우가 열정이 없어 보인다는 소리를 듣게 된다. 이쪽으로도 대책을 세워야 한다는 것이다.

웃고 넘기자는 소문이 아니다. 사실이다. 현재 스타로서 이름을 날리는 여배우들은 모두 이런 분기점에 서 있을 때 용감하게 행동해 퇴짜를 맞지 않은 사람들이다. 가와사카 히로코, 다나카 기누요, 오이가와 미치코, 다테 사토코(伊達里子)45) 외에 대부분이 그렇다고 해도 과언이 아니다. 단지 구리시마 스미코는 그것을 계기로 이케다 감독과 정식으로 결혼을 해서 촬영소 안에서 화제가 되지 않았던 것뿐이다.

그중에는 여배우가 입신출세를 위해 무턱대고 들이대는 사람도 있다. 이런 사람들을 촬영소 안에서는 △△라고 하며, 일종의 흥미로운 장난감 취급을 한다. 여배우가 남자배우와 연애놀이를 하는 경우는 상대적으로 적지만 감독이나 카메라맨과는 끊이지 않는다. 이것은 여배우 자신이 모든 일에 영리하고 타산적으로 행동한다는 증거이다.

---

45) 다테 사토코(伊達里子, 1910년 10월 11일-1972년 10월 23일) : 쇼와초기의 여배우. 소치쿠우라다에 입사해 모던 걸의 대명사로 유성영화로 바뀌는 영화의 여명기 때부터 1950년대까지 영화계에서 활약하였다. <댄스걸의 애수(ダンスガールの悲哀)> 등 다수의 작품에 출연하였다.

조금씩 이름이 알려지기 시작하면 급료가 올라가고 화장품이나 잡화의 광고 모델로 채용되어 부수입이 가능해진다. 미즈다니 야에코라든지 다나카 기누요 최근에는 오이가와 미치코와 같은 사람들은 이런 쪽으로 생기는 수입이 매달 거르지 않고 300엔이라고 하니 굉장하다.

현재 가와사키 히로코 등은 4, 5년 전까지는 가와사키 다이시(川崎大師)의 떡집 종업원으로 가게 앞에 서서 "떡 드시고 가세요."를 외쳤던 붉은 앞치마를 두른 시골처녀에 불과했다. 그런데 딱 하루 근처에 로케이션으로 왔던 어떤 감독의 눈에 들어 "어때? 반드시 스타로 만들어 줄건데."라는 틀에 박힌 대사의 조건에 응한다. 순박한 모습을 높게 사준 것이 인연이 되어 오늘날까지 이르게 된 여자이다. 원래 예기에 다소 재능이 있다곤 해도 미모 외에 스타로서의 어떤 가치도 없는 이 여배우가 이렇게까지 인기를 끌었다는 사실에는 감춰진 뭔가가 있다고 할 수 있다. 또한 인기와 수입은 상대적인 것으로 최근에는 가와사키 근교에 방대한 토지를 사서 저택을 신축하고 있다고 하니 대단하다. 지금의 히로코가 분기점에 섰을 때 OK라고 하지 않았다면 어떻게 되었을까? 지금쯤 15엔이나 20엔 그룹의 오베야 기방사람들과 섞여서 밑바닥의 쓰라림을 감수해야 했을 것이다.

이렇게 7년이나 8년 동안 밑바닥 생활을 하고 있는 사람들은 슬슬 단념을 하고 다른 곳으로 움직이기 시작한다. 그런데 세상은 잘도 만들어져 이런저런 이름의 작은 영화제작소 간판은 여기 저기에 걸려 있다. 그리고 이런 이상한 영화제작소는 이런 식으로 전향한 여배우를 모집해 그에 걸맞은 영화를 제작한다. 그리고 비교적 자유로운 처지일 때 적당한 스폰서를 잡아 스크린에서 모습을 감춰버린다. 그런 영화제작소 사람들에게 걸린 16미리 영화의 여배우들 중에는 오베야 기방에서 떨어져 나온 사람들을 많이 볼 수 있다. 또한 시타야(下谷)의 류센지(龍泉寺) 부근에 둥지를 튼 '영화 여배우가 오는 집'을 들락날락하는 여자들의 대부분은 오베야 기방에서 빈둥빈둥 지내던 사람들이다.

그날 일이 없어도 여배우의 출근은 11시까지라는 규정이 있다. 하지만 실제로는 오후 4시까지 촬영소에 한번 얼굴을 내밀면 된다. 5시가 되면 다음날 예정표가 게시되니까 그것을 보고 다음날 촬영이 있는지 없는지를 확인한다. 쉬는 날은 첫째 셋째 일요일로 시간이 너무 남아돌아 용돈도 필요할 수밖에 없다. 10엔으로는 어찌할 도리가 없으니 결국 돈 벌 방법을 생각하게 된다. 누구누구는 외출복이 완성됐다든지, 누구누구는 새 양산을 쓰고 왔다든지, 오베야 안에는 아침부터 밤까지 온통 다른 사람의 소문으로 넘쳐난다. 부지런한 사람은 옷도 늘 화려하고 촬영소외 다른 곳에서 돈을 버느라고 밤낮이 없다. 하지만 그런 경우에는 살얼음판을 걷는 것과 같아 소문이 조금이라도 회사에 들어가면 바로 목이 잘릴 것을 각오해야 한다.

'여배우와 스폰서' 이것은 어차피 별개로 생각할 수 없는 쇠사슬과 같은 것으로 그녀들은 스폰서를 잡는 일에 급급하다. 그러나 그녀들은 연애순례자이기도 하다. 신문잡지에서 호들갑스럽게 헤드라인에서 남녀배우의 연애뉴스를 보도하지만 대부분은 헛소문으로 그녀들은 그것을 단순한 장난으로만 생각한다. 그래서 자금줄인 스폰서와 감독, 그리고 카메라맨에게 자신의 몸을 공양하는 것이다. 한번 명성을 올린 여배우가 결혼을 한 경우 그녀들의 인기는 희한하게도 땅에 떨어진다. 그렇기 때문에 그녀들은 동거생활을 하더라도 절대로 밖으로 누설하지 않는 것이 일반적이다. 화려한 여배우 생활이라고는 하지만 화창하지만은 않은 그녀들 또한 가련하다고 할 수 있다.

그래도 그녀들은 여배우라는 아련한 희망에 취해있다. 그녀들은 스타라는 꿈의 꼭두각시가 되어 해골처럼 살고 있는 것과 다를 바 없다. 젊은 여자들을 홀리고 있는 영화 여배우의 무서운 매력은 사이비 종교처럼 그녀들의 마음을 붙잡기만 하면 보란 듯이 눈앞에 펼쳐지는 비참한 현실을 보여주면서도 절대 놓아주지 않는다.

—簑八泊,「映畵女優の私生活 —浦田撮影所を覗く」,『朝鮮及滿州』, 1934年 1月

정열의 미로
—어느 여학생의 수기—

朱瓊淑

(조선 잡지에 실린 수기인데, 이런 이야기는 자주 있는 실화
로 조선인 젊은 남녀의 생활을 알고 싶어 하는 사람들에게 다
소 참고가 될 것이다. G생)

철이 태어난 지 반년이 지났고 H가 죽고 벌써 다섯 달이나 지
났습니다. H는 잊을 수 없는 철의 아버지입니다. 그리고 저의 처
음이자 마지막 연인입니다.

아, 문뜩 떠올리면 소름이 돋습니다. 제가 D여자보통고등학교
에 다닐 때 일입니다. 탄실이라는 동기와는 둘도 없는 친구로 하
숙도 함께 하고 취미나 성격도 맞아 우리는 소문이 날 정도로 사
이가 좋았습니다. 어느 날 탄실이 친척오빠를 소개하고 싶으니
같이 놀러가자고 했습니다. 처음에는 거절했지만, 이전에도 몇

번이나 거절한 일이 있어 결국 거절을 못하고 처음으로 H의 하숙집을 방문했습니다. H도 우리 하숙집에 자주 놀러 왔는데, 한 주라도 만나지 못하면 H가 그리워지는 마음을 누를 수가 없었습니다.

어느 토요일 오후, 여느 때처럼 탄실과 저는 H의 하숙집을 방문했습니다. 만나면 언제나 학교 이야기, 선생님 소문, 그리고 남녀교제문제 등이 화제가 되었습니다. 오늘도 H가 다니고 있는 H전문학교 선생님들의 일화를 H가 농담을 섞어가며 너무 재미있게 이야기를 하는 통에 저희들은 이야기에 취해있었습니다. H는 꽤 쾌활한 사람이었지만, 범접할 수 없는 위엄과 인격을 갖춘 사람으로 보였습니다.

저녁 무렵 탄실은 다른 친구와 약속이 있어서 잠시 다녀온다고 하고 먼저 나가버리고, 저는 H를 좋아하는 만큼 내심 둘만 있고 싶다는 마음도 있어 기뻤습니다. 하지만 둘만 있으면 가슴이 심하게 쿵쾅거려 침착하지 못했습니다.

"경숙 씨 저는 아내가 있는 몸입니다. 그래도 경숙 씨를 잊을 수가 없습니다." 하고 애원하는 투로 H가 침묵을 깼습니다. 저는 애처로워 마음이 아프기도 하고 부끄럽기도 하고, 게다가 H의 태도도 이상하리만치 흥분되어 있어 자리에서 일어나 돌아가려고 했습니다. 그러자 H는 문을 열려고 하는 저의 손을 꽉 잡고 놓지 않았습니다. 저는 약한 여자였습니다. H의 열정을 거부하지 못하고 저도 제 마음을 고백해버렸습니다.

H의 하숙집에서 돌아온 후 자신의 경솔함을 원망하기도 했습니다. 제 어머니는 첩이었기에 저만을 의지하고 있었습니다. 저는 학교 성적도 좋고 선생님에게 귀여움을 받아서 항상 자존감을 가지고 있었습니다. 그런데 저 또한 다른 사람의 첩처럼 된다니, 이 무슨 기막힌 운명일까요. 어머니가 걸어 온 길을 다시 걷고 싶지 않았고, H에 대한 열정이나 더럽혀진 몸을 생각하면 내 몸을 갈기갈기 찢고 싶을 정도로 추하다는 생각이 들었습니다. H가 아무리 짐승처럼 달려든다고 해도 제가 똑바로 정신을 차리고 있으면 문제될 일이 없었을 텐데, 경솔했기 때문에 스무 살의 야성적 열정에 지고만 것입니다. 그래도 사랑은 모든 것을 초월할 거라고 생각하며 자신을 위로했습니다.

졸업시험도 잘 치르고 저는 H의 하숙집으로 옮겼지만 생활의 위협만 기다리고 있었습니다. 봄방학에 고향에 돌아가지 않은 H의 태도가 의심을 받으면서 그의 모든 행동이 감시를 받게 되어 학비도 받지 못하게 되었습니다. H의 집은 경상도 S읍에 있는 굴지의 부호로 아버지와 형제 모두 완고하기로 소문난 집이었습니다. 특히 조강지처가 있으면서 여학생을 첩으로 삼는다는 것은 도저히 용서받을 수 없는 일이었습니다. H는 학교를 그만두고 매일 직장을 구하러 여기저기 돌아다녔지만 일이 있을 리가 없었습니다. 할 수없이 저는 여급이 되었습니다. 처음에 H는 크게 반대를 했지만 하숙비가 밀려 있었기에 결국에는 아무 말도 못 했습니다. 어느 날 밤 취한 손님이 저의 배를 삿대질하며 심한 모욕감을 주었습니다. 나중에 안 사실이지만 그 남자는 본처의 친척 중 하나였던 것입니다. 너무 심한 모욕을 당했기에 카페를 그만 두어버렸습니다.

그날 밤 둘은 울면서 비장한 결심을 했습니다. 다시 시작하기 위해 뱃속의 아이를 지우려고 생각하고 약을 먹어보았습니다. 그것은 태어나서 처음으로 맛보는 고통이었습니다. 고통만 느끼고 실패한데다 살림살이를 모두 전당포에 맡겨둔 상태였기에 H는 돈을 구하러 고향으로 돌아가서 100엔을 가지고 돌아왔습니다. 저를 버렸다고 말하고 받은 돈이라고 합니다. 이렇게 된 이상 자살밖에 생각할 수 없었습니다.

어느 눈 내리는 날 우리는 경부선을 타고 추풍령역에서 내려 철도자살을 하려고 생각했습니다. 사람들 눈에 이상하게 보이지 않기 위해 조심하면서 역에서 남쪽으로 레일을 따라갔습니다. "인간은 누구든 한번은 죽는다. 언제 죽어도 똑같은 거다. 너와 함께 죽는 것이 오히려 행복하구나."라며 H는 저의 눈물을 닦아주었습니다. 급행열차가 천천히 들어오는데 비겁했던 건지, 태아가 불쌍해졌는지 뛰어들지 못했습니다. "자살하는 행복조차도 없었던 건가." 하고 H는 혼잣말을 했습니다. 저는 추위와 공포에 지쳐 있었기에 H는 저를 안고 근처 여관으로 데리고 가 다음 열

차를 기다렸습니다.

새벽녘에 다시 기차에 탔을 때 "이봐, H군, 자네 어디 가는 건가?" 하고 부르는 사람이 있었습니다. 그 중년신사는 H의 외삼촌이었습니다. 경성에서 집으로 돌아가는 길이었는데 우리들의 사정을 듣고 동정하여 우선 자기 집에 오라고 했습니다. 그리고 몸을 풀 때까지 H의 외삼촌 집에서 신세를 지게 되었습니다. 하지만 H는 감금상태가 되어 만날 수 없었습니다. 캄캄한 앞날을 생각하며 몇 번이나 죽으려고 했습니다.

남자아이를 낳았는데 본처에게는 아이가 없었기에, H의 부모는 첫 손자를 본다는 기대 때문인지 저를 받아주기로 했습니다. 남편을 빼앗긴 본처의 마음을 생각하면 저도 괴로웠지만 H도 양심의 가책을 견디지 못하는 건 마찬가지였습니다. 가정의 불화는 점점 커졌습니다. H의 부모는 H의 본처를 불쌍하게 생각해 억지로 H를 본처의 방으로 보냈지만, 본처와는 전부터 사이가 좋지 않던 H는 점점 쇠약해져 절에서 휴양을 하게 되었습니다.

며칠 후 한밤중에 H가 몰래 찾아왔습니다. 그리고 "철이가 보고 싶었어." 하며 자고 있는 철을 안았습니다. 아! 그날 밤 H는 독약을 먹었던 것입니다. 의사를 부르기도 전에 숨이 끊긴 H는 죽어버렸습니다. 죽을 때에는 저와 철을 손가락으로 가리키면서 부모님에게 뭔가 말했다고 합니다. 이 불행의 원인은 모두 저에게 있는 것 같아 괴로웠습니다. 결단력이 없어서 가볍게 유혹에 빠져 죽어야 할 몸인데 죽지 못한 내가 새삼 추악해 보였습니다. 그러나 "어떤 괴로운 일이 있더라도 철을 키우다 죽은 그의 생애를 빛나게 하리라."고 결심했습니다. 그리고 그가 죽은 지 열흘째 되는 날 손자를 넘겨주지 않겠냐는 시부모와 싸운 후 철을 업고 C촌에 있는 어머니를 찾아갔습니다.

그사이 어머니와는 소식을 끊고 있었는데 어머니는 매일 울고 있었다고 합니다. 배가 다른 형제들은 도쿄에서 대학을 다니고 있지만, 저의 아이와 타락한 첩 따위를 조금도 신경 쓰지 않았습니다. 저도 그들에게 의지할 마음은 없었기에 철과 어머니를 데리고 경성으로 와서 재봉 일을 하고 있습니다. 어머니가 죽은 아버지에게 받은 얼마 되지 않는 돈과 내 수입으로 앞으로 셋이서 먹고 살 수 있을지 어떨지 앞날을 생각하면 캄캄하기만 합니다.

H는 저를 망쳤지만 H만큼 저에게 깊은 교훈을 준 사람도 없습니다. 그가 가고난 후 저의 인생관은 완전히 변했습니다. 모성애! 이것은 정말로 위대한 것입니다. 죽으려 해도 결행하지 못한 이유는 철의 운명을 생각했기 때문입니다. 어떤 비웃음에도 참을 수 있었던 것도 아이의 장래를 생각했기 때문입니다. "아무리 나쁜 부모라도 아이가 물고기를 달라고 하는데 뱀을 주고, 빵을 달라고 하는데 돌을 주는 사람은 없다."고 하는 성경의 말이 떠오릅니다. 철을 몇 번이나 죽이려고 했지만, 철은 그런 사실 따위는

아무것도 모르는 얼굴로 웃고 있습니다. 단지 걱정이 되는 것은 독약으로 뇌를 다치게 한 게 아닌가하는 건데, 지금까지는 보통 아이들과 다르지 않습니다. 제가 살아 있는 한 철을 훌륭한 인간으로 만들어 보려고 합니다. 가끔 외로워져 울기도 하지만 누구도 원망하지 않습니다.

여러분, 젊은 여성분들에게 충고하고 싶습니다. 특히 여학생분들에게 말씀드리고 싶습니다. 연애라든지 순정이라든지는 사랑하고 있는 그 순간에는 정말 대단한 것처럼 보입니다. 하지만 한 때의 애욕의 포로가 되지 않도록 정신 똑바로 차리고 이성적으로 판단해서 저와 같은 길을 다시 걷지 마세요. "도둑을 보고서야 새끼를 꼬다."[46]라는 속담처럼 지금부터 바른 길을 걷는다고 하는 말이 바보처럼 보이기도 하겠지만 두 번 다시 실패를 겪고 싶지는 않습니다. 앞으로는 자신의 몸을 깨끗이 하려고 합니다. 그리고 목표를 세우고 그 목표를 향해 나아갈 것입니다.

서투른 문장으로 내 생각을 전부 표현할 수는 없습니다. 그래도 저와 같은 처지로 울고 있을 여러분에게 뭐라도 도움이 되었다면 저는 그걸로 만족합니다.

—朱瓊淑, 悲戀實話「悲戀實話 情熱の末路」,『朝鮮及滿洲』, 1937年 1月

---

46) 일을 당하고 나서야 서두름. '소 잃고 외양간 고치기.'

조선의 여배우를 둘러싼 두 남자

李星斗

여배우에게 정조가 있을까?라고 묻는다는 것 자체가 촌스러운 일이다.

"여배우에게 처녀는 없다."는 말은 고금을 막론하고 확고한 원칙(?)이긴 한데, 반도(半島)의 여배우들도 잘 알고 있는 것처럼 조선의 여배우들도 그 원칙의 적용 범위 내에 있다. 이것은 사실이기 때문에 분개해도 별 의미가 없다. 이런 여배우는 은막이든 무대든 상관없다. 하지만 여기에 적는 소설은 애욕과 비련에 빠져 있는 반도 여배우들 생활의 전형적인 모습인 만큼 이를 통해 조선 여배우들의 일면을 볼 수 있을 것이다.

오정자는(가명) 지금은 경성의 동아극장(가명) 전속극단인 명랑좌(가명)의 인기여배우가 되어 모르는 사람이 없을 정도로 유명해졌지만, 4, 5년 전에는 지방의 작은 무대에서 춤을 추던 가련한 여자였다는 사실을 잊어서는 안 된다. 그랬던 그녀가 정열적인 모습으로 중앙무대에 갑자기 나타나자 쓸쓸했던 연극계에 센세이션이 일어났다. 그리고 신문 연예란 또는 잡지에 그녀의 요염한 모습이 게재되고 일약 연극계에서 군림하게 되었다. 이렇게 해서 지방순례공연은 물론 중앙공연 때에도 마치 서울과 지방의 인기를 독점하듯 그녀의 연기와 미모는 훌륭했다. 인기가 굉장한 만큼 그녀가 신행극단이라고는 해도 명랑좌와 같은 신극 최고봉의 멤버를 가진 극단에서 중요한 위치를 차지하면서 확고부동한 지반을 다진 여왕으로 군림할 수 있었던 것도 결코 무리는 아니었다.

지금 그녀가 이 시대 조선흥행극계에서 얼마나 유명한지는 일단 접어두고, 그녀는 입으로는 사상을 속삭이면서도 몸으로는 교태를 자아내는 여배우였다. 특히 지방순례 공연 중에 밤늦게 공연을 마치고 촉촉이 내리는 봄비를 맞으며 숙소로 돌아오는 그녀를 상상해 보시라. 베개를 적시는 일도 한두 번이 아니었을 것이다. 그럴 때마다 그녀는 너무나 고독하고 쓸쓸한 자신의 처지를 생각하며 눈물로 보냈다. 그러던 중 우연히 같은 극단의 게다가 간부 중 한 명인 박이라는 청년과 홀로 감당할 수 없던 우울과 고독을 서로 위로해주는 사이가 되었다. 박은 아주 건실한 배우인데다 극계에 몸을 담은 세월이 긴만큼 노련하고 당당한 간부 배우 중 하나였다. 때로는 극에 대한 지도를 받거나 이야기 상대가 되는 사이에 그들은 어느새 사랑하는 사이가 되어버렸다.

◇

그날 밤은 오랜만에 만원이었다. 마침 이 지방을 대표하는 방직공장이 휴일이라 관객의 대부분이 여공들로 가득 차 경기가 좋은 밤이었다. 연극이라고 해도 기생이나 여공, 여급을 관객층으로 삼는 것이 대부분이었지만, 흥행주도 근래에 없는 대성황이라며 연극이 끝나고 좌장을 요릿집으로 초대까지 했다. 그들의 애수는 날아가 버리고 분장실에는 오랜만에 술 냄새가 진동했다. 내일의 바람은 다시 불거니까 오늘 술에 취해 노래하며 떠드는 동안만은 근심과 번민을 잊는 것이다.

빅토로라가 달콤한 재즈를 연주하기 시작하자 그때까지 얌전하게 있던 여자들도 갑자기 신바람이 나서 교태를 부리기 시작하고, 달콤하고 아련한 향수와 분이 섞인 향기가 춤을 추었다. 박은 살짝 술에 취하고 향기 나는 교태와 달콤한 말에 취해 무릎에 기대는 정자를 보고 눈을 감았다. 잠시 후 만족할 만큼 취해 피곤해진 사람들이 한두 명씩 쓰러지기 시작했다. 그리고 어느새 조용해진 분장실에 벌래 우는 소리가 점점 커지고 깨진 분장실 창문으로 달빛이 흘러들어왔다. 여자들도 뒤엉켜 자고 있던 남자들 속에서 빠져나와 잠이 들어 희미한 숨소리를 내기 시작했다.

정자는 여자들과 다른 방에서 잤다. 창문을 통해 들어오는 달빛과 벌레소리에 알 수 없는 향수를 느꼈다. 시골에서 자라 연기자를 동경하여 무대에 선 이후 겪은 길고 고달픈 세상살이가 고되게 느껴졌던 것이다. 하지만 어느새 그녀의 마음은 옆방에서 자고 있을 박 씨를 생각하고 있었다. (박 씨는 자고 있을까?) 그런 생각을 하던 그녀는 자신도 모르는 사이에 박 씨를 사랑하고 있다는 사실을 깨닫게 되었다. 그녀는 살포시 일어나서 옆방을 들여다보았다. 달빛으로 배우들의 자는 얼굴이 창백하게 보였다. 그들은 정신없이 잠들어 있었다. 정자는 소리도 없이 박 씨의 곁으로 다가가 귓가에 입을 대고 작은 소리로 불렀다.

"박 씨! 박 씨!"

"쉿"

기다리고 있던 걸까? 벌떡 일어난 사람은 박 씨였다.

"밖으로 나갑시다." 낮은 목소리였다. 조용히 방을 빠져나온 정자와 박 씨는 뒤뜰로 갔다.

"정자 씨."

정자의 어깨를 손으로 감싸 안은 박은 어둠 속에서 그녀의 체취를 느꼈다. 박은 어질어질해지며 현기증이 났다. 마음은 확실해도 몸은 자유롭지 않았다. 정자는 휘청거리다 박의 가슴으로 넘어지면서 "흑" 하고 소리를 내어 울기 시작했다.

"울긴 왜 울어."

"……"

"바보구나 너는."

분도 립스틱도 지워진 얼굴이었지만 어둠 속에서 풍기는 그윽한 향기가 박 씨의 마음을 자극했다. 박은 곧 저항할 수 없는 열정에 져버릴 것을 알았다.

정자의 볼연지가 한층 진해졌다. 말라서 썩어갈 거라고 생각했던 자신의 청춘이 되돌아온 기분이었다.

"볼연지, 조금 진하지 않아요?"

지긋이 박의 얼굴을 올려다보며 물었다. 점점 더 적극적으로 되어가는 정자가 두려워지기 시작했다.

"네?"

일부러 달콤한 콧소리를 내봐도 남자는 아무 말도 하지 않는다. 무거운 혐오감이 그를 괴롭혔다. 그와 동시에 정자도 남자의 몸에서 가을을 느꼈다. 하지만 정자는 점점 요염하게 되어만 갔다. 그러는 사이에 그들 사이의 스캔들도 듣기 좋은 질투와 섞여서,

"묘하게 당당하네."

하는 남자들의 시선이 그녀의 풍만한 몸의 윤곽을 어루만졌다. 그러나 극단 안에서도 둘 다 간부 배우인 만큼 그들의 관계는 공공연하게 묵인되었다.

명랑좌는 소녀가극으로 유명해진 어느 여사의 전속극단이었

다. 따라서 이 극단의 지배권은 지배인의 손에 있다고 해도 과언이 아니었다.

　잠시 한눈을 팔아 이 지배인 R의 프로필에 대해 써보자. R은 반도 대중소설가 중 하나로 빈약한 문사였다. 시대의 조류를 타고 잠시 자신의 문단적 지위가 무너지자 그는 지난 날 화려했던 환영을 그리워하며 사라져가는 자신의 길을 회복하려고 초조해 하고 있었다. 그럴 때 상상도 못한 기회와 의외의 행운을 잡아 지금은 이 극장의 지배인이라는 자리에 앉게 되었다. R은 한 때 도쿄와 오사카를 왕래하며 많은 흥행단체에 출입한 적이 있다. 그가 처음으로 막을 올렸을 때는 관객이 한 명도 없었지만, 아무튼 영리한 그는 극장의 비운을 만회할 수 있었던 것이다. 그는 방랑하는 배우들을 모아서 전속 극단을 창설하고 종래의 영화상설관에서 연극전문극장으로 전향했다. 이것이 운 좋게 맞아 떨어져 연극전문인 이 극장은 화려하고 성대한 막을 올리게 된 것이다.

　그런데 수개월 후 지배인과 명랑좌 사이에서 알력이 생겼다. 그것은 지배인의 배가 불러지고 극장의 수입이 증가하는데도 불구하고 배우에 대한 대우가 너무나 가혹했기 때문이다. 아무리 예술로 먹고 사는 배우라고는 해도 밤낮없이 노동처럼 연기를 하게하고 생활의 보장도 해주지 않은 것은 너무나 지나친 대우였다. 그래서 배우들의 울분은 폭발했고, 지배인에게 대항하며 반기를 들고 극장 문을 걷어차고 나와 새롭게 독립하여 데뷔하게 된다. 그 후 극장에서는 다시 이런저런 궁리를 한 끝에 광화좌(가명)라는 새로운 전속극단을 조직했다. 그리고 도시와 지방을 다니면서 기생들을 상대로 하는 공연을 하고 예전과 같은 인기를 다시 끌게 되었다.

한 편 지배인은 문단적인 지위의 몰락에 대한 분개를 자신의 지위를 이용해 분풀이 했다. 이유 없이 종업원에게 화를 내거나 태생적인 색마적 기질의 마수를 점차 교양이 없는 여배우들에게 뻗치기 시작했다. 이것이야말로 눈앞에서 한창 피고 있는 아름다운 꽃이 아닌가? 그 꽃을 꺾는 게 뭐가 어렵겠는가? 원래 여배우의 정조와 감독사이에 인과관계가 존재한다는 사실은 이미 공공연한 사실이 아닌가? 즉 지배인 R은 지배인이라는 지위를 이용해 계획적으로 추악한 마수를 뻗치기 시작했다. 그중 한 사람이 정열의 여자인 정자로 그녀가 말려든 것은 아무런 이상한 일도 아니다.

명랑좌가 동아극장에서 분리된 후 정자의 품행은 결코 얌전한 것이 아니었다. 그녀는 박에게 받은 애무만으로는 이미 만족할 수 없게 되었다. 정자는 점점 박 씨를 멀리하는 한편 지배인 R은 정자의 집을 방문하는 일이 잦아졌다. 때로는 두 명의 남자로부터 같은 유혹을 받고 그런 스캔들을 뿌리치지 못하는 자신의 처

지가 답답했다. 어느 한쪽 남자에게도 가고 싶지 않았다. 자신의
처지가 정욕과 정욕의 사이에 내던져진 하나의 공과 같았다. 남
자들 사이에서 욕망의 희생이 되고 있다는 생각을 하면 자신의
처지가 가여워졌다. 추악한 남자들의 정욕이 자신의 몸을 공격하
고 있다. 그 속에서 빙글빙글 돌면서도 쓰러질 때까지 돌아야만
하는 자신의 약점을 생각하며,

"어머니"

눈시울이 젖어들고 하염없이 눈물이 흘렀다. 어머니는 이렇게
추락한 딸의 생활을 꿈에도 생각하지 못할 것이다.

─그래도, 그래도, 이것도 살아가기 위한 것인걸.

정자는 그렇게 생각했다. 그리고 눈물을 꿀꺽 삼키고 차갑게
미소 지었다.

─李星斗, 實話小說「朝鮮の女優を撓むる二人の男」, 『朝鮮及滿州』, 1937年 6月

경성의 밋짱과 미스 유미코 이야기

堂門重夫

1. 밋짱(みっちゃん)

"봐 맞지? 벌써부터 조금씩 오기 시작하잖아."

"응 그러네. 그런데 다 불러서 온건 아니잖아."

"뭐 다 부를지 안 부를지는 봐봐. 곧 알게 될 테니까."

화창하게 맑은 어느 봄 오후. N동, B백화점 4층 식당 종업원 대기실에서 제복을 입은 웨이트리스 두 명이(열네다섯 살 정도 하고 좀 더 나이가 있어 보이는) 이렇게 소곤거리며 홀 한쪽을 보고 있었다. 그 시선이 향하고 있는 134번 근처 테이블에는 지금 막 떼 지어 들어온 전문학교 학생 네다섯 명이 뭔가 즐겁게 웃으며 떠들썩하게 자리를 잡고 있었다. 막 바쁜 점심시간이 끝난 후라 손님은 별로 없었다.

"학생들은 무사태평하네, 토요일도 아닌데 학교가 벌써 끝난 거야?"

"에스케이프라고 하는 거야, 수업을 빼먹은 거지."

"수고하셨네, 그렇게까지 하다니……"

"어차피 저런 것들은 좋은 학생은 아니야. 그 정도는 아무것도 아니지."

리리-링, 학생들 테이블의 벨이 울린다. 그때 지금까지 보이지 않던 카운터의 웨이트리스 중 한 명인 밋짱이 화장실에서 나타나 잰 걸음으로 소리가 나는 쪽으로 다가갔다. 그러자 학생들의 눈이 아침 햇살을 받은 것처럼 일제히 빛나기 시작했다.

밋짱—1월 전부터 이 식당에서 일하고 있는 이제 갓 소학교를 졸업한 것 같은 나이 정도의 소녀. 단발에 하얗고 건강한 피부, 립스틱 없이도 꽃처럼 빨간 입술, 둥글고 커다란 눈, 그리고 생기 넘치고 끊임없이 변하는 사랑스런 표정. 아직 화장을 모르는 꽃봉오리 같은 소녀들만 있는 식당에서 유채꽃밭에 핀 한 송이 양귀비꽃처럼 밋짱이 눈에 띄는 것은 이상한 일도 아니었다.

밋짱이 식당에 나오기 시작하고 일주일이 지나자 이미 남자들 사이에는 소문이 되었다. 그들이 가장 먼저 알고 싶어 하는 것은 이름이었다. 하지만 이 식당에서는 각자 담당을 맡은 테이블 전표에 서명을 한 후 손님에게 건네기 때문에 간단히 알아낼 수 있었다. 밋짱, 정말 예뻐, 차밍하고 멋진 소녀! 얼마 지나지 않아 그 큰 홀에는 학생들로 가득 차기 시작했다. 이는 식당 측에게는 당연히 좋은 일이었다.

"봐, 알겠지?" "역시 그런가보네. 밋짱 본인도 알고 있을까?"

"글쎄, 그건 모르겠네, 하지만 아마도……" 하고 나이가 더 많은 소녀는 갑자기 입을 다물어버렸다. 소녀들을 감독하는 눈이 이쪽을 보고 있었다. 서비스 시간 외 한가할 때라도 쓸데없는 이야기는 절대 금지다. 그냥 보면 태평하게 보이지만 백화점 여점원과 웨이트리스에 대한 감시는 꽤 까다롭다.

하나. 손님에 관한 이야기는 절대 해서는 안 됨.

하나. 쓸데없이 웃으면 안 됨.

―등의 주의사항이 그녀들의 탈의실에 커다랗게 게시되어 있다. 그리고 그 여감독은 소녀들에게는 귀신보다 더 무서운 존재였다.

학생에게 주문을 받은 밋짱이 무슨 말을 들었는지 미소를 지으며 돌아와 전표를 쓴다. 그 천진하고 밝고 아무것도 모를 것 같은 얼굴, 여감독은 지금은 이렇게 살이 찌고 둥글둥글해졌지만, 나도 10년 전에는 저 애보다 더 예뻤지, 한 가지 다른 건 단발이 아니었다는 거―하고 생각해 본다. 그러나 저 아이는 주의해야 해. 오늘 일지에 기록해야지―사쿠라다 미치코 주의할 것, 불량학생이 관심을 보이기 시작한 것 같다. ―

우리들은 이 여감독의 혜안에 감탄했다. 밋짱에게 남자친구가 생겼다느니 상대가 학생이라느니 하는 소문이 3, 4개월이 지나면서 어디서라 할 것 없이 들려오기 시작했다.

"정말? 아직 어리지 않아? 밋짱은 도대체 몇 살?"

"열세 살이래."

"그럼 나보다 한 살 적네. 사실일까? 그런 일이?"

"기미짱이 길에서 우연히 봤대. 밋짱하고 학생하고 같이 걷고 있는 걸."

집으로 돌아가는 길에 앞서 말한 동료 소녀들의 대화.

"뭐 남학생이랑 함께라고? 하지만 오빠나 뭐 그런 걸지도 모르잖아. 분명히."

"그런데 그렇지가 않아. 그런 건 보면 바로 알지."

"그걸 어떻게 알아?"

"어떻게라니, 그냥 보면 바로 알 수가 있지. 게다가 밋짱은 오빠 같은 거 없어. 집에는 어머니하고 둘이서만 산다고 하던데."

"말도 안 돼. 제일 어리고 예쁜 주제에."

"너무 예쁘니까 그렇게 되는 거야. 게다가 있잖아."

"?"

"밋짱이 말이지, 그거 한대."

"그거라니?"

"후후후 그거라면 그거지. 너 모르는 거야? 그럼 됐어."

"뭔데? 어? 뭐야? 말해줘. 못됐어!"

이런 소문은 당연히 감독관 귀에는 늘 그렇듯 발 빠르게 들어

가는 것이다. 그리고 감독관은 소문이 아무래도 사실인 것 같아서 인사과에 보고한다. 보고를 받은 인사과에서는 사실 조사를 시작했다. 백화점에서는 앞서도 말했지만 근무 중 행동만이 아니라, 퇴근 후 그녀들의 품행도 엄중하게 감독한다. 예를 들면 아가씨는 어제 몇 시쯤 집에 갔나요? 등을 묻는다.

이런 조사 결과 밋짱은 식당의 규율을 어기고 한 달에 세 번 또는 네 번이나 영화를 보러 간다는 것, 게다가 어머니가 아닌 학생과 함께라는 것, 학생과 함께 산책을 한다는 것, 찻집을 드나든다는 것 등이 사실로 판명되었다. 그리고 일단 그런 사실에 대한 주의와 훈계를 하여 앞으로 다시는 이런 일이 없도록 다짐을 받았다.

하지만 유감스럽게도 이 훈계와 위협은 효과를 보지 못했던가 보다. 식당에 학생들의 수가 점점 더 증가함에 따라 밋짱에 대한 악평도 더욱 높아지기만 했다. 그리고 근무한지 1년 정도 지나서일까, 갑자기 식당에서 밋짱의 모습이 보이지 않게 되었다. 다수의 학생들은 실망했다. 식당은 손님이 줄기 시작했다. "마치 비 오는 날 운동장 같네!" 하고 밋짱이 없는 큰 홀을 향해 어떤 학생이 화를 내며 욕을 퍼부었다.

하지만 얼마 지나지 않아 그들의 눈은 다시 기쁨으로 빛나기 시작했다. 밋짱은 혼마치(本町)에 있는 밀크홀에서 옛날보다 몇 배나 더 사랑스런 모습으로 있었던 것이다. 제복은 비슷하지만 이

곳이 훨씬 자유로웠다. 금방 그 넓지 않은 홀은 학생들로 넘쳐났다. 그들은 그곳에서 커피나 소다수만이 아닌 맥주를 마실 수 있었다. 알코올을 마신 후 눈에 들어오는 밋짱은 정말 예쁘기 그지없었다.

"이봐 너, 너무 자주 오는 거 아냐? 혹시 야심 같은 거 품지 마!"

"무슨 말을 하는 거야, 그런 당신이야말로 무심코 진심을 내뱉은 거 아니야?"

그들은 인조 대리석의 테이블을 껴안을 것 같은 자세로 벽거울에 비치는 자신의 모습에 아무 부끄러움도 없이 속삭인다.

"완전 어린애 같긴 하지만, 지나치게 이……"

"지나치게 뭐라고?"

"그러니까, 지나치게 차밍하다고."

"뭐가 그렇게 차밍한지 알아?"

"글쎄, 눈? 아니면 입?"

"이거 봐. 이거 봐."

"그럼 코야?"

"후후후 이 녀석 바보였구나."

"뭐야, 그럼 너는 알아?"

"알지. 물론."

"그럼 뭔데, 말해 봐."

"IT!"

"잇, 잇이 뭔데?"

"몰라? 이 녀석 점점 더 말이 안 통하네. 당시 나는 새도 떨어 뜨렸다는 클라라 보[47]의 특기. 섹슈얼 어트랙션 말이야."

"응. 맞아 역시."

1년 전과 비교해 풍만함을 띄는 허리, 어린 은어처럼 부드러운 선을 그리는 다리, 검은 눈. 밋짱을 유심히 본 남성들은 그러한 변화를 놓치지 않았을 것이다.

그러나 학생들의 즐거움은 그곳에서도 길게 이어지지 못했다. 그녀 존재로 지나치리만큼 떠들썩해지는 것은 밀크홀에게도 고 마움을 넘어서는 일이었다. 몇몇 학생의 친구들의 말에 따르면 애인이 생겼다는 것이다. 그리고 밋짱은 다시 밀크홀에서 자취를 감췄다. 하지만 자주 제복을 벗고 해방이 된 밋짱의 자유로운 행 적을 거리에서 볼 수 있었다.

그즈음 밀크홀의 동료들 사이에서는 이런 수군거림이 돌았다.

"밋짱, 임신했대."

"어머머 정말? 언제 결혼 한 거야?"

"결혼한 게 아니야. 그냥 임신만 한 거지."

---

47) 클라라 보(Clara Bow, 1905년 7월-1965년 9월) : 미국의 여배우. 말괄량이로 불 리는 새로운 성적매력을 지닌 여배우 타입으로 <그것(IT)>에 출연하여 인기를 모았고, 그 외 <날개>, <함대 입항> 등에 출연하였다.

"어머, 왠일이니. 진짜 싫다. 그런데 남자친구는 대체 누구야? 둥근 모자? 아니면 사각모?"

"글쎄. 그게 말이지 나도 모르지만, 아마 밋짱도 모르지 않을까 싶어."

"왜 몰라?"

"왜라니…… 몇 명이나 관계를 했다고 하니까. 그리고 다들 자기는 모르는 일이라고 하는 모양이야"

"어머, 그럼 곤란하잖아. 불쌍하네 밋짱. 학생들 중에 진짜 나쁜 놈들이 많네."

"그렇다니까. 너야말로 조심하세요."

"싫어, 나는 그런 거."

"이런 소문도 있어. 학생이 밋짱 집에 가면 엄마가 아무 말 없이 밖으로 나간다는 거야…… 진짠지 거짓말인지는 모르겠지만."

"어머, 그런 말도 안 되는 일이, 그렇게 나쁜 엄마가 있을 리 없잖아. 친엄마가 아닌 거 아냐?"

"그러게 말이야. 친 딸이라면 그런 일을…… 분명 계모일 거야."

"그렇다고 해도 밋짱이 너무 가여워."

"그러게, 가엾지."

그 가여운 밋짱은 순진한 얼굴로 정말 엄마가 되었을까? 그리고 벌써 3년, 밋짱의 모습을 최근 K정(町)카페에서 봤다는 사람이 있다.

2. 미스 유미코(ミス・弓子)

점심시간에 판매부장인 아빈구씨가 갑자기 "미스 오다니는 요즘 들어 꽤 예뻐졌네요. 아마도 머지않아 굿 뉴스가 있겠죠? 하지만 가끔 미스 타이핑이 생기더군요. 이건 좀 곤란해요. 이런 실수는 절대 없도록 하세요." 하고 타이피스트인 유미코를 향해 말했다. 그러자 풋내기인 돗도 군까지 "저도 알겠던데요." 하고 건방지게 한 마디 덧붙인다.

퇴근 시간이 되어서 사무실을 뒤로하고 보도를 걷기 시작하면서 그녀는 한 번 더 그 말을 곱씹어보았다. 그리고 "역시 들켰구나." 하고 새삼 감탄했다. 어쩔 수 없어, 하지만 내 사생활에서 생긴 일을 일일이 회사에 보고할 의무는 없으니까, 뭐 괜찮겠지. 뭐든 원하는 대로 상상하라고 해. 그건 그 사람의 자유이고 아무 문제도 없는 거니까.라고 생각한 그녀는 안심했다. 그리고 걸어서 30분도 안 걸리는 집이지만 전철을 타기로 했다.

그녀 — 오다니 마유코는 5년 전 홀로 내지(內地)에서 왔다. 도쿄에 있는 어느 전문학교를 나온 로마자 타이피스트로 졸업하자마자 어느 외국인 기계회사에 취직해서 지금에 이르게 되었다. 나이는 서른을 조금 넘었지만, 그녀의 말에 의하면 아직 한 번도 결혼한 적이 없다고 한다. 키가 크고 미인은 아니지만 야무지고 조금 까무잡잡한 얼굴의 지적인 용모에 몸에 딱 맞는 옷과 무릎을 곧게 펴고 걷는 하이힐. 정말 직업부인다운 모습이었다.

드르르하고 현관문 열리는 소리가 나자 누워서 잡지를 보고 있던 가나메가 벌떡 일어나 나왔다. 그리고 아직 구두도 벗지 않은 유미코의 목을 잡고 쪽하고 소리를 낸다.

"이거 봐, 또 담배냄새가 나잖아, 입을 잘 헹궈야죠." 살짝 얼굴을 찌푸리다 방긋 웃는다.

"이런, 또 잊어버렸네!"

"대책 없는 도련님. 메모를 잘 해 두세요 ― 오후 4시 반, 입 헹구기."

구두를 정리하고 방으로 들어가 옷을 갈아입고 목욕탕에 가지 않는 날에는 가나메가 사온 재료로 둘이서 저녁 준비를 한다. 대체로 가나메가 해놓는데 손이 많이 가는 일은 유미코가 돌아올 때까지 그대로 뒀다가 유미코가 하기로 정했다.

준비가 끝나면 그 다음 순서는 즐거운 만찬.

"아무래도 이번에도 떨어진 것 같아."

"그래? 뭐 괜찮아요. 그렇게 서두르지 않아도."

"하지만 남자인 내가 이렇게 매일 빈둥거리는 것도 한계가 있잖아."

"뭐, 당신은 혼자 있을 때도 그러고 지냈잖아요. 게다가 놀고 있는 사람들 잔뜩 있는걸 뭐. 요즘 같은 때에는 어쩔 도리가 없잖아요. 백수라고 해도.”

“그건 그렇지만.”

“하지만, 뭐 아무 일도 아니에요. 더 이상 하지 말아요, 이런 얘기는, 몇 번을 반복해도 결론은 같은 걸. 일단 밥이 맛없어지잖 아요.”

“미안, 미안.”

“아니면 나랑 같이 사는 일에 슬슬 질리기 시작한 거 아녜요?”

“말도 안 되는 소리, 그건 너무 앞서간 상상이야!”

“그럼, 더 이상 말하지 말아요. 돈 버는 일은 내가, 당신은 놀면서 정력을 비축해 두세요, 그러면 만사형통. 옛날하고 입장이 바뀐 것 같지만 이건 시대 탓이니까. 가나메 씨의 잘못도 아니고 유미코의 잘못도 아니에요. 아셨어요?”

“응 알 것 같기도 하고, 모를 것 같기도 하고.”

“호호 미덥지 못한 사람!” 하고 웃다가 갑자기 화제를 바꿔서,

“아, 맞다, 오늘은 뉴스가 하나 있어요. 회사의 아빈구 씨가 말이죠 갑자기 나한테 미스 오다니는 요새 꽤 예뻐졌네요, 뭔가 좋은 일이라도 있는 거 아니냐고 묻는 거예요.”

“오, 상당히 예리한데.”

“나는 전과 별반 다르지 않다고 생각하지만 역시 어딘가 다른 거겠죠? 얼굴에 드러난다는 거겠죠?”

저녁식사 후 설거지가 끝나자 벌써 7시가 다됐다. 특별한 밤에

212

는 식사 후 산책을 해도 좋고 영화를 봐도 좋다. 하지만 대부분은 신문을 읽거나 라디오를 듣고 이야기를 하거나 차를 마시면서 시간을 보낸다.

9시 반 뉴스가 끝났다. 내일도 날씨가 좋다. 슬슬 자도 될 시간이다.

"있잖아. 나는 정말 침대가 있었으면 좋겠어요. 그런 생각 안 들어요?"

"그런 거 나는 병원 말고는 자본 적이 없어서. 떨어지기 쉽고 별로라고 생각하는데."

"어머 촌스러운 사람! 병원의 철골이 드러나고 알코올 냄새가 나는 딱딱한 싱글하고 똑같이 취급하다니 의미 없는 일이잖아요. 유미코가 갖고 싶은 건 부드럽고 깨끗하고 적당한 탄력 있는 스프링이 만드는 리드미컬한 움직임, 가나메씨는 그런 매력이 상상 안 돼요?"

"몰라."

"별 수 없네, 하지만 뭐 조만간 알게 될 거에요. 일단 생각은 해 두자고요."

하고 유미코는 일어나서 침실로 들어가면서 "이런 잠자리는 너무나 원시적이란 말예요, 마치 신화시대처럼, 좀 더 베리에이션이 있어야 해."

전등의 하얀 광선이 사라지고 장밋빛 불꽃의 희미한 불빛으로 바뀐다.

긴 독신생활이 오래전 과거의 일이 된 유미코는 행복의 절정에 있었고, 가나메도 대체로 만족했다. 대체로라고 한 이유는 조금은 아쉬운 부분이 있었기 때문이다. 이미 독자도 상상할 수 있는 것처럼 둘은 정식으로 결혼한 사이가 아니다. 나이를 봐도 가나메는 유미코보다 열 살 가까이 어리고 아직 학생에 지나지 않다. 구슈(九州)에서 상경해 어느 사립대학의 전문분과에 다니긴 했지만 중도에 그만두고 홀연히 경성으로 와서 일을 찾기 시작했다. 그 때 하숙에서 처음 유미코와 인사를 나눴다. 유미코와 알고 지낸지 한 달이 지나가자 누가먼저랄 것도 없이 둘의 사이가 좋아졌다. 두 달이 지나자 유미코는 집 한 채를 빌렸고 동거생활이 시작되었다. 그러나 가나메의 일은 생각처럼 쉽게 구해지지 않았다. 그리고 벌써 한 달이 조금 지났다. 말할 필요도 없이 둘 사이에는 결혼 약속은 되어 있었다. 하지만 그는 고향의 부모님에게 동거는 물론, 유미코와의 일에 대해서는 일절 말하지 않았다. 단지 일이 없는 건 감추지 않았다. 그러다 아버지가 더 이상 돈을 보낼 수 없으니 속히 고향으로 돌아오라고 했다. 그가 그 일을 유미코에게 상담하자,

"그런 건 아무 일도 아니잖아요, 직장을 구했다고 해두면 되니까. 부모님도 안심하실 테고, 그렇게 해요." 하고 그녀는 전혀 개

의치 않았다. 그는 그녀 말대로 편지를 썼다. 그리고 거짓말을 만드는 어려움을 통감했다. 부모님은 그 통지를 받고 안심했다. 그러나 얼마 지나지 않아 조금 이상하다고 의심하기 시작했다. 앞서 보낸 편지와 나중에 보낸 편지 내용의 앞뒤가 맞지 않다던가, 내뱉는 말에 뭔가 자신이 없어 보인다던가 하는 게 느껴져 눈치를 채기 시작했다. 이건 거짓말을 하고 있는 게 분명해, 지금 뭐라도 해야 할 텐데, 하고 부모님의 걱정이 차츰 커졌다.

동거를 시작한지 6개월. 조금씩 추워지기 시작한 10월이 끝나갈 무렵인 어느 날. 유미코가 출근하고 한 시간 정도 지난 후였다. 여전히 실업 상태인 가나메가 창을 통해 멍하니 파란 하늘을 보고 있을 때 현관문이 열리는 소리가 났다. 어, 이 시간에 무슨 일이지? 유편물인가? 하고 여느 때처럼 나가보고 아연실색했다. 그곳에 서 있는 것은 유미코가 아닌 그의 아버지였던 것이다. 너무나 갑작스런 일이라 그는 잠시 아무 말도 하지 못했다.

저녁 무렵, 경쾌한 걸음으로 돌아온 유미코의 놀라움도 같은 것이었다. 그들의 사랑의 보금자리는 당연히 위기에 직면했다. 더 이상 숨길 수 없었기에 그는 있는 그대로 아버지에게 털어놓았다. 그리고 유미코도 함께 용서를 빌었다. 하지만 아버지는 미동도 하지 않았다. 일단 돌아가라, 이것이 한 치의 양보도 없는 아버지의 주장이었다. 그리고 다음날 그 주장이 실행되었다. 가나메는 죄인처럼 아버지에게 이끌려 기차에 탔다.

유미코는 다시 혼자가 되었다. 특히 동정에 마지않는 것은 그 일이 있은 지 삼일 후 그녀가 염원해왔던 침대가 만들어졌다는 사실이다. 모든 일에 흥미를 잃고 다 싫어졌다. 가나메와는 그 후 간접적인 편지 왕래가 가능해서 여전히 마음으로는 이어져 있다는 빈약한 생각만이 유일한 위로가 되었다. 그러나 몸이 멀어졌다는 사실, 특히 앞으로 함께 할 수 있는 가능성이 없을 경우에는 정신의 결속보다 두 배의 고통이 따를 뿐이었다. 깨끗하게 단념하는 일은 쉽지 않았다. 그게 간단하게 될 일이었다면, 이 지상에서 당장이라도 비극의 반은 종적을 감출 것이 분명하다.

그녀의 고민은 날이 갈수록 더해갔다. 감정이 이성을 압도하기 시작했다. 일도 재미없었다. 자주 싫은 소리를 들었다. 그리고 어느 날 밤, 그녀는 아무도 모르게 점쟁이의 집을 찾았다. 인텔리 직업부인이 점에 의지한다는 사실을 어떻게 우리가 아무렇지도 않게 지나칠 수가 있을까? 세상에는 사이비 종교를 신앙하는 학위소유자도 적지 않게 존재한다. 온갖 이성이 항상 제정신 상태에 있다고는 할 수 없는 증거다.

점쟁이 앞에 앉았지만 그녀는 "저는 어찌하면 좋을까요? 제발 가르쳐 주세요."라는 말만 하고 무엇을 물어도 한 마디도 대답하지 않았다. 이 벽창호에게는 점쟁이도 두 손 들었다. 그렇지만 원래 점쟁이는 뭐든지 알아야 하는 것이다. 그는 그럼 한번 봐 드릴까요, 점대를 잡고 책을 펼친 뒤 엄숙한 어조로,

"이성 문제로 고민 하시는군요." 하고 말했다.

유미코는 내심 감탄해 하면서 "네" 하고 눈을 들었다. 그러자 한 번 더 같은 말을 반복하며 늙은 점쟁이는 말했다.

"지금 그 남자를 잊어야합니다. 꼭 그래야합니다. 그 대신 이번 겨울에는 반드시 더 좋은 남성이 구애를 할 것입니다. 이것이 점 괘가 나타내는 해결책입니다. 틀림없습니다."

그녀는 그 결과에 대해 충분히 만족하지는 못했지만 큰 기대는 할 수 있다고 생각하고 돌아왔다. 그리고 아직 미련은 있었지만 결심을 한 후 가나메에게 "헤어지자."는 편지를 썼다.

"오랫동안 저는 생각하고 고민하고 그리고 기도했습니다. 하지만 결국 우리들이 두려워했던 최악의 사태가 벌어졌습니다. 우리들은 이제 헤어져야합니다. 지금까지 편지만으로 이어져온 관계를 지속한다는 것만으로는 둘 다 행복해질 수 없다는 사실을 깨달았기 때문입니다. 그 이유에 대해서는 일일이 설명할 필요가 없겠지요. 저는 지금 예전보다 더 당신을 사랑합니다. 하지만 제가 당신을 사랑하는 일이 당신의 부모님을 고통스럽게 하고 그 일이 당신에게 불행이라면, 당신의 불행은 내게 있어 행복의 이유가 될 수 없습니다. 이 슬픈 편지를 써야 하는 상황이 저에게는 죽음과도 같습니다. 그렇지만 죽음은 우리들에게 어떤 해결책도 될 수 없습니다. 오히려 저는 죽음으로 인해 그 죄가 두 배로 늘어날 것을 두려워합니다. 죽음보다 강한―이라는 말은 생각해

보면 다른 경우의 진리겠죠. 아마도 우리들의 사랑은 신의 생각과는 달랐던 것이 분명합니다. 그 누구도 신에게 이길 수 있다는 기대는 불가능합니다. 아, 저는 눈물과 함께 지난 즐거웠던 6개월을 추억합니다. 아마도 제 생애에 있어 가장 기쁨이 넘치는 시기였을 그 반 년, 게다가 아아, 지금은 목숨을 다한 우리들의 작은 애처로운 사랑이여, 아듀!"

그녀는 이 편지를 쓰면서 아무래도 이건 이상한 변명이고 지금까지와는 다른 엉성한 편지라고 생각했다. 그러나 이 편지는 반드시 써야만했다. ─왜냐하면 가나메 이상의 이성이 곧 나타난다고 했으니까─다르게 쓸 방법이 없었다. 그리고 태어나서 처음으로 신의 존재이유를 발견하고 더할 나위 없이 감사했다.

그 후 6개월─겨울이 가고 봄이 왔지만 그녀의 열렬한 기대는 배신당하고 누구에게도 구애받지 못했다. ─그녀는 여전히 혼자였다. 어느 날 점심시간에 아빈구씨가 그녀에게 말했다.

"미스 오다니 무슨 일 있었어요? 뭔가 슬픈 일이라도 생겼나요? 라이팅이 많이 흐트러져있어요. 지나치게 강하거나 지나치게 약하거나……"

그녀는 슬픈 미소를 짓기만 하고 아무 대답도 하지 않았다.

─堂門重夫, 實話「京城ばつどがある物語」,『朝鮮及滿州』, 1935年 8月

밀수하는 여자

春山秋夫

마키는 자신의 배 위에 마대를 꽉 묶고 그 위에 속옷을 입은 후 원피스를 뒤집어쓰고 영차하고 허리를 편다. 배에 매달려 있는 무게 때문에 비틀거린다. 게다가 마대 속 내용물이 마대를 뚫고 차갑게 배에 닿는다. 내용물은 빈틈없이 꽉 찬 은화였다. 담배에 불을 붙이고 침대에서 뒹굴거리고 있으니 700량을 넘는 무게로 인해 싸구려 침대가 삐걱거리는 소리를 낸다.

작년 미국 은화정책에 따라 세계 은의 가치는 나날이 기세등등해지고 있다. 마키는 북사천(北泗川)길 터키탕에서 금으로 호위호식 하는 일본인 샐러리맨 손님을 상대하는 하찮은 일을 했는데, 은값이 오르면서 손님이 없는 날이 연일 계속되었다. 열일곱에 고향 요코하마를 떠나 벌써 삼년이 흘렀다. 항구의 홀에서 일하다가 늘 그렇듯 혼모쿠(本牧)에서 질 나쁜 정부를 만나 돼지 같은 아이를 낳자마자 바로 입양을 보내버리고 상하이로 건너온 것

219

이다. 홍커우(紅口) 쪽의 카바레를 전전하면서 피부가 거칠고 노랗게 변해갈 무렵에 병과 빚을 상환하려고 터키탕 창녀로 몸을 팔았다. 겉으로는 동방안마술이라는 마사지 간판을 내걸고 있는 이 집에서는 매일 밤 기름진 남자의 피부를 문지르거나 주무르거나 하면서 생계를 이뤄가고 있었다.

실 한 올도 걸치지 않은 벌거벗은 상태로 몸은 맥을 못 추고 단발은 하루 종일 뿌연 수증기로 흐트러져 있다. 축 처져 꼭지가 검어진 젖, 현미밥처럼 부풀어 오른 배, 호흡할 때마다 애처롭게 보이는 갈비뼈…… 한쪽에 침대를 놓고 꽉 닫은 두 평 반 정도의 방 사방에는 짙은 채색을 한 나부의 벽화와 밤낮으로 가득 찬 수증기, 이것이 그녀의 직장이었다. 날씨가 좋은 날에는 창문으로 들어오는 빛으로 수증기가 빨간색이나 보라색, 노란색으로 아른아른 빛났다. 그녀는 '방의 무지개'라는 이름을 붙이고 옛날이야기를 만들었다. 보통 마사지 2불, 스페셜은 1불 더 비싸다. "다리를 올려" "몸을 굽혀" 하고 손님이 시키는 대로 하면서 팁을 벌었다. 팁을 많이 벌었을 때는 해녕로(海審路) 모퉁이에 있는 일본사람이 경영하는 백화점의 식당에서 참치 초밥을 먹는 것이 가장 큰 즐거움이었다. 엽차를 마시고 초밥과 함께 잘게 썬 베니쇼가를 씹으면 가끔 내지가 떠오르기도 하고 동시에 아기가 마음에 걸리기도 했다. 하지만 배가 부르면 그것도 금방 잊어버리고 작아진 신발을 끌고 직장으로 돌아간다. 이제는 그 초밥도

먹을 수가 없다. 은값의 상승으로 생활이 어려워진 일본인 샐러리맨들 중 누구도 그녀를 찾아오지 않았다. 직장의 여주인은 멍하게 있고, 마키는 용돈이 궁한 상황이지만 할 일이 없어 따분해져 동료들의 이야기에 귀를 기울이며 방 한 구석에서 쓸쓸히 참외 씨를 씹고 있었다. "아 죽을 거 같아. 내가 이 일을 시작한 지 4년이나 됐지만 이런 불경기는 처음이야. 이 상태로는 분도 못 사잖아." 큰 언니 격인 고참 여자까지 투덜투덜 불평을 하고 있다.

거기에 여주인이 가져온 것이 지금의 일이다. 은화를 몸에 두르고 배를 타고 내지와 상하이 사이를 몇 번이나 왕복하는 일, 즉 은화 밀수출이었다. 사람이 착하고 조금 맹한 마키를 눈여겨본 여주인은 돈을 버는 방법과 얼마나 배여행이 유쾌하고 내지가 좋은지에 대해 장황하게 설명하며 마키를 설득했다. "마키짱. 이런 불경기에는 수입도 좋지 않고, 게다가 너도 슬슬 일을 그만둘 때가 됐잖아. 하지만 그러기 위해선 우선 돈이 필요해. 좋은 돈벌이가 있는데 하지 않을래? 돈은 빌려줄게. 그 대신 이익은 4대 6이야. 잘되면 2천이나 3천은 쉽게 벌 수 있지." 말솜씨가 뛰어난 여주인의 이야기에 말려든 마키는 멍하게 듣고 있었다.

그녀의 이야기에 따르면 방법이란 이런 것이다. 우선 일본지폐를 지나에서 은화로 바꿔 나가사키(長崎)나 고베(神戶)로 가지고 가서 도금가게에 팔면 돈을 벌 수 있다는 것이다. 그런데 지나에서는 은화의 국외유출을 법으로 금지하고 있고, 만에 하나 이를 어길 시에는 총살을 해도 된다고 명시되어 있다. 그래서 밀수출을 해야 하는 것이다. 그리고 밀수출을 하는 방법이 몸에 묶는 것이다. 왜냐하면 지나 세관은 외국인 여행객의 물건은 검사하지만, 몸은 검사하지 못하기 때문이다. "그러니까 마키짱, 마대에 넣어서 배에 타면 끝나는 거야. 그리고 나면 돈은 내 것이 되는 거지. 나중일은 뭐 될 대로 되는 거고. 나가사키에 도착해서 내가 아는 도금가게에 팔면 100엔 중 50엔은 벌 수 있는 거라니까. 열 번만 왕복하면 너는 말이지……" 여주인의 이야기는 이런 것이었다.

빚은 있고 원래부터 다른 사람의 말대로 살다가 지금에 이른 마키는 여주인의 이야기를 듣고 자기주장을 할 수가 없었다. 바람에 휘날리는 날개처럼 흘러가는 대로, 그러고 보니 요코하마에서 상하이 변두리까지 올 때도 남자가 시키는 대로 꾸깃꾸깃 해진 이브닝드레스와 작아진 신발을 질질 끌고 뛰쳐나왔다. 그리고 20불 낼 테니 오늘 밤 자고가라는 음란한 놈의 요청에도 싫다는 말 한마디 못하고 자신의 몸을 함부로 내둘리면서 속옷 하나를 열흘이나 입고 지낸 채로 어두운 날을 보내왔을 뿐이다.

여주인이 시키는 대로 마키는 2, 3일 후 만추의 쌀쌀한 바람이 사천의 기찻길에 불어 올 때, 자신의 방에서 은화를 가득 채운 마대를 몸에 꽉 묶고 준비를 마쳤다. 드디어 오늘 오후 출선하는

222

우선회사(郵船會社)48)의 배를 타고 나가사키로 간다. 오후 배에는 욕심이 덕지덕지 붙은 남자와 여자로 가득 차있다. 여기서도 저기서도 두리번거리며 상대의 주머니를 살피는 얼굴을 하고 있다. 형식적으로 트렁크를 마구 뒤집고 유감스럽다는 듯이 배웅하는 지나 세관사의 시선을 뒤로 하고 비틀거리며 배의 사다리를 타고 올랐다. 700량의 무게로 녹초가 되면서도 어찌됐든 선실까지 도착했다. 출번한다는 신호와 함께 남자들은 기모노를 벗고 마대를 여기저기 풀어놓은 채 안심한 표정을 한다.

"이런 거저먹는 장사도 없다니까?" 하고 기름진 얼굴을 쓰다듬으며 말하는 오사카 사람. "진짜라니까. 나 같은 인간도 이걸로 다섯 번째 항해라고. 지나인 상대로 은단 같은 거 팔고 다니는 것보다 훨씬 멋진 일이지." 하고 큰 소리로 떠들며 이미 맥주를 들이 붓고 있는 도쿄의 약장수라고 불리는 남자. 마키도 한 쪽 구석에서 마대를 속옷 밑으로 꺼내면서 포갰다. 남자들은 히죽거리며 마키의 손 움직임을 바라본다. 그리고 그녀는 아무렇게나 누워서 출발할 때 친구가 준 지나 과자를 게걸스럽게 먹는다. 이틀간의 항해 중 그녀는 식사와 화장실 외에는 자면서 보냈다. 배가 나가사키에 도착하자마자 마대의 은을 도금가게에 팔고 다음 배편으로 상하이로 돌아오니 항구에는 여주인이 기다리고 있었

---

48) 일본우선주식회사 : 1885년 9월 29일에 창립된 선박회사로 미쓰비시상사(三菱商事)와 더불어 미쓰비시 재벌(현 미쓰비시그룹)의 모체 기업이다.

다. 그리고 여주인은 그녀로부터 돈을 빼앗자 은이 든 무거운 마대를 다시 그녀의 배에 감아주고 다음 배에 타게 했다. 그런 식으로 한 달 정도 마키는 기계적으로 상하이와 나가사키 사이를 왕복했다. 무거운 은화 주머니를 배에 감아 아랫배가 차가와지는 것에 신경을 쓰면서.

한 달 정도 지나서 다섯 번째로 나가사키에서 상하이로 돌아올 때였다. 마키 옆에는 나가사키부터 로이도 안경을 쓴 서른 살 정도의 남자가 타고 있었다. 재빠르게 마키의 옆에 앉아 담배를 피워 물면서 "아가씨 은화 장사죠?" 하고 뜬금없이 말을 건다. 상하이를 출발할 때 여주인이 "마키짱 너는 사람이 너무 착해서 금방 사기를 당하니까 배에서 이상한 남자가 말을 걸어도 대답 하지마" 하고 주의를 준 게 생각나서 말을 섞지 않겠다고 결심했다. 마키가 입을 꾹 다물고 있는 것을 보고 남자는 집요하게 이런 저런 이야기로 말을 걸었다. 결국에 그녀는 담배 한 대를 억지로 피웠다.

"당신 처음이 아니지?" "네 " 하고 그녀는 대답을 하면서 히쭉 웃었다.

"한 번 당신이랑 같은 배에 탄 적이 있었는데 몰랐나?"

"기억에 없어요."

"근데 은장수도 슬슬 접어야 할 거야. 곧 은값이 떨어질 테니까 말이지."

이런 거저먹는 장사가 계속될 일이 없다고 그녀는 그녀다운 해석을 하고 있었기에 남자가 한 말이 당연하다고 생각했다. 그래서 이번에 상하이에 도착하면 여주인에게 말해서 그만둬야지. 그리고 한 번 더 카바레로 돌아가면 된다고 결심했다.

"그러게 말이네, 나, 한 번 더 카바레에서 일할까봐."

"그러니까 말이지, 여차하면 2, 3일 나를 도와주면 어떨까? 우리 가게에도 당신 같은 여자가 많이 있거든. 그리고 용돈을 조금씩 모아서 프랑스 조계지 쪽에 있는 괜찮은 가게에 가면 되잖아."

"당신 가게? 어디?"

"어디든 상관없잖아. 그냥 조용히 따라와. 나쁘게 하지는 않을 테니까. 가끔 아가씨의 상담역도 해줄게."

"고마워."

이렇게 말하면서 그녀는 이 사람 가게에서 잠시 일하다가 외국인 가게에라도 가려고 생각했다. 그녀는 공상과 현실이 시시각각 혼선되었다. 그리고 남자는 배안에서 그녀에게 여러 가지 음식을 사주었다.

상하이에 도착하자 마중 나온 여주인에게 돈을 넘기고 남자가 시키는 대로 배에서 우연히 만난 옛 손님이 밥을 사준다고 했다 하고 남자와 함께 차에 탔다. 차는 오송로(吳淞路)를 지나 그녀에게 익숙한 북사천길 북쪽으로 가다가 황빈교(橫濱橋) 직전에서 멈췄다. 남자를 따라 좁은 길로 들어가다 두세 번 모퉁이를 돌자 남자는 다이마루(大丸)의 네온이 켜있는 집의 문을 밀었다. 남자가 잠시 안으로 들어가 있는 동안 마키는 홀 같은 곳에서 기다렸다. 그사이에 기모노를 입고 하얀 분을 목까지 바른 여자가 두세 명씩 얼굴을 내밀고 곁눈질로 그녀를 보았다.

잠시 후 남자는 안에서 나와 "그럼 오늘 밤부터 일해. 옷은 뭐 그걸로 됐어. 나는 잠깐 나갔다 올게. 저녁에 돌아오면 환영회라도 해줄 테니까." 하고 밖으로 나갔다. 마키는 할 일이 없어 혼자서 오도카니 홀에 서 있었다. 어두워져 등을 켤 무렵부터 두세 명의 정장을 입은 여자들이 들어왔다. 마키의 얼굴을 보자 갑자기 한 여자가 담배를 꺼내면서,

"너 새로 왔구나. 여기는 돈 버는 게 쉽지 않으니까 알고 있어."

"네, 하지만 배에서 만난 이 가게 사람이 2, 3일 사이에 옷을 살 수 있을 정도의 용돈은 벌 수 있다고 했어요."

"너 여기가 처음이니?" 하고 다른 여자가 물었다.

"아니, 터키탕에서 있었어."

"그러면 각오는 되어 있겠네. 뭐 2, 3일 전 여자처럼 약 먹고 죽는다는 생각은 하지 않는 편이 좋을 거야."

그리고 이어서 "몸을 맡길 마음이 있다면야 뭐……"
하고 그 여자는 나니와부시(浪花節)와 같은 말투[49]로 남자 같은 목

---

49) 판소리와 같은 말투.

소리를 내면서 안으로 들어갔다.

마키는 그냥 멍하게 서 있었다.

—春山秋夫, 實話 「密輸の女」, 『朝鮮及滿州』, 1936年 5月

혼혈아를 낳은 엄마의 고민

瀧一樹

나는 거리의 떠돌이
고향의 꿈도 사라지고
마음속에 혼탁해지는 양자강

이진관(異人舘) 댄디의 가슴에
빨간 장미를 피우면
몸이 혼탁해지는 아파트

아리랑 연회에 구슬퍼져
눈물로 얼룩진 화장
젖에 눌려 피가 혼탁해진
지금은 내 아이의 엄마라서

― 츠야코

남산의 S산장에서 여기 미사카(三坂)산으로 이사 온 후로 한 번도 손을 대지 않았던 편지들을 하루 종일 서재에 틀어박혀 정리를 하다 보니 츠야코라는 이름으로 보낸 애절하게 쓰인 몇 편의 시가 꽂혀 있었다. 나는 이 빈약한 시를 읽고 일 년 전 이른 봄으로 기억을 돌려 새삼 츠야코가 살아온 반편생의 기묘한 운명에 대해 생각하고 내일의 그녀의 삶을 상상하며, 닳고 닳은 여자의 순정이 길가의 돌멩이처럼 인정 없는 남자들로 인해 짓밟히고 차이는 것을 생각했다. 그리고 나는 지금 동정과 편견을 버리고 거리의 떠돌이라고 자칭하는 츠야코의 반편생의 인생기록 중 한 조각을 여기에 적어보려고 한다.

　츠야코는 아직 눈이 녹지 않은 2월에 어떤 사정으로 상하이에서 친구인 미사코와 함께 나가사키까지 도망을 왔는데, 운 좋게 경성의 카페 M회관의 주인이 모집한 여급으로 뽑혀 그녀와 같은 처지인 14명과 함께 조선으로 건너왔다. 츠야코와 미사코가 회관으로 온 후로 상하이물을 먹은 여급의 이국적 정서의 손님접대가 금방 다른 여급의 무리를 뛰어넘어 불꽃처럼 경성에 화제를 뿌렸다. 실제로 츠야코는 매일 밤 순백의 연회복과 푸른 돌 모양의 긴 소매, 때로는 비단으로 짠 지나복을 입고 보브커트에 아이세도우를 칠한 요염한 모습으로 무리를 짓는 남성들 사이를 나비처럼 걸어 다니며 인기를 끌었다. 그리고 순식간에 카페의 여왕으로 군림하게 되었다.

츠야코를 노리는 남자 중에는 젊고 독신인 대학교수도 있었고 호텔에 상주하는 외국인 신사도 있었다. 그리고 남모르게 구슬려 첩으로 삼으려는 자본가도 있었다. 이런 유혹으로 가득 찬 위험한 최전선에 서 있는 츠야코는 오색의 술에 취해 상하이물을 먹은 엉터리 영어를 쓰면서도 형편없이 망가진 애절한 목소리를 짜내어 비밀스러운 노래를 부르면서도 이런 무리들에게 마지막 대답인 "예스"는 좀처럼 하지 않았다.

어느 날 밤 나는 츠야코, 미사코와 함께 취할 대로 취해 알 수 없는 노래로 괴로운 가슴을 억누르면서 마음이 무너져가는 애절한 이야기를 하고 있었다. 그러다 결국 츠야코와 미사코는 쓰러져 울어버렸다.

"사랑에도 세상에도 다 부서진 여자가 가야 할 길은?"

"그건 자살밖에 없지, 게다가 가장 보기 흉한 모습으로 말이야."

"마지막까지 세상 사람들에게 욕을 먹는 것도 흥미로운 일이네."

"하지만 만약 자살할 각오가 있다면 너희들은 훌륭한 여잔데?"

"그러네요, 자살할 정도로 센티하지도 않고, 우리들은 역시 봉건적인 여자네요."

말도 안 되는 소리들을 늘어놓다 노래를 부르고 결국에는 갑자기 울기 시작해 완전히 녹초가 되어버렸다. 그러더니 츠야코가 내 곁으로 와 쓰러지듯 앉아 내 목을 감싸고 촉촉이 취한 눈에 눈물을 머금고 이렇게 말하는 것이다.

"나 혼자라면 죽을 수 있어요. 아니 몇 번이나 사선을 헤맸지만 결국 죽을 수가 없었어요. 왜냐하면 나에게는 사랑스러운 아이가 있거든요. 놀랐어요? 나는 2년 전부터 이미 엄마예요. 스물한 살의 엄마란 말이죠. 불빛 아래서 미친 짓을 하고 알코올에 취해 퇴폐해 가는 엄마란 말이죠. 다키, 오늘밤 모두에게 내 과거를 다 말할게요. 부탁이에요. 들어주세요."

항구도시 고베는 내가 태어난 곳이고 자란 토지입니다. 매일 입항하는 호화로운 상선이나 읍울(悒鬱)함을 실은 화물선을 바라보며 커가는 동안에 저는 어느새 성숙한 여자가 되었어요. 그리고 한 번은 저 배를 타고 아직 본 적이 없는 나라로 가보고 싶다는 생각을 하게 되었습니다. 어리석은 여자, 떠돌이 성격은 그 때부터 내 마음 속에 깊게 자라고 있던 겁니다. 여학교를 졸업한 해였어요. 내 가슴에 핀 사랑이 아무런 이유도 없이 스캔들이 되어 학교를 쫓겨나게 되었어요. 나는 아무 미련도 없어서 돌을 던지는 것처럼 항구도시 고베와 결별하고 교토로 와서 재즈가 소용돌이치는 카페 여급이 되어 세상에 대한 반역을 펼쳤습니다. 교토를 전전하다 머지않아 상하이로 건너갈 때 고국은 가을이 저물어갈 즈음이었습니다. 좀 더 쉽게 말하면 일본과 지나가 충돌해서 상하이 일본조계지에는 화약 냄새가 진동을 하던 때였습니다.

저는 그곳에서 모모야마 댄스홀의 댄서가 되었어요. 한시라도 자극이 없는 시간을 소유하지 못하는 종류의 여자가 되어버렸던 것이죠. 그곳에서 친해진 사람이 미사코였어요. 둘이서 북사천(北四川) 뒷골목에서 가난하지만 아파트를 빌려서 살고 있었습니다. 나도 미사코도 적어도 감정이 없는 여자라는 사실에는 자부하고 있었습니다. 왜냐하면 떼지어드는 남성들의 말을 순순히 받아들여 감정과 얽혀 응대했다면 이미 죽어버렸을 거예요. 감정은 이미 창부가 되어 있던 것이죠.

그런데, 나도 어쩔 수 없는 여자였어요. 같은 홀에서 일하던 밴드맨인 색소폰을 부는 J라는 프랑스 남자의 불같은 연정에 내 메말랐던 감정이 어느새 점화되어 이미 떨어질 수 없는 사이가 되어버린 것입니다. 프렌치 J는 잘생긴 얼굴이 자랑인 댄디남이었습니다. 우리는 화염의 소용돌이처럼 정욕의 세계에 빠졌어요. 적어도 저는 그때 행복의 절정에 있다는 사실을 의식하고 있었어요. 그렇게 해서 너무나 빤한 결과에 도달하게 되었지요. 저는 J의 피가 흐르는 아이를 뱃속에 잉태하게 된 겁니다.

파란 눈의 아기가 세상에 응애 하고 소리를 내었을 때부터 그렇게 잘 해주던 J는 입으로는 나를 예뻐하면서도 마음에서 우러

232

나오는 사랑은 까맣게 잊어버린 거예요. 나는 결국 혼혈아의 엄마가 된 겁니다. 하지만 아빠는 이미 나에게서도 아기에게서도 멀어지고 있었어요. J가 원했던 것은 단지 나라는 여자의 육체였던 거지요. 땅을 치는 후회가 모래를 씹는 것보다 더 아프게 내 가슴을 짓눌렀습니다. 쑤시듯이 아프고 슬픈 저주의 눈물이 나를 며칠 동안 고민하게 했습니다. "나비부인이나 국화부인은 소설로 꾸며서 가공한 마음이 약한 일본여자다, 나는 파란 눈의 아이를 위해서라도 강하게 반항해야 한다."고 가슴에 새겨봤지만 어느새 복수보다 태어난 아기가 사랑스러워 J를 저주하는 마음이 물러져 버렸습니다. 육체의 욕망에 불타는 J였습니다. 여전히 저를 원했지만 육체를 좀먹는 그가 서서히 싫어졌고, 증오해야 할 J였지만 사랑스러운 아기에게는 아빠죠. 몇 번이나 눈물을 삼키고 약한 엄마가 되어야만 했습니다. 바보 같은 나였죠.

마도(魔都)상하이의 어둠 속에 피는 꽃은 국적은 없지만 세계 각국에서 흘러들어온 여자들입니다. 그리고 그 여자들을 마음대로 휘두르며 피를 빨아먹고 살아가는 남자들이 수없이 많지요. J도 그런 어둠 속에서 자란 남자였다는 사실을 나중에서야 알았어요. 그리고 나를 창부로까지 빠뜨리려고 했답니다. 내 스스로 빠져들었다고 해도 이 얼마나 참혹한 현실인가요. 나는 미사코의 도움으로 한시라도 빨리 J의 눈에 띄지 않는 곳으로 숨기 위해 안개의 거리 상하이와 작별을 하고 나가사키 행 기차에 탄 후에야 비로소 안심을 했습니다. 어리석은 여자인 나라도 역시 무서웠던 거지요. 하지만 추억이 많은 상하이였기에 배가 고쇼(吳淞)에 도착할 때까지 알 수 없는 눈물이 끝도 없이 볼을 적셨답니다.

카페는 이미 불이 꺼지고 지칠 대로 지친 여급들은 각자 합숙실로 돌아가기 시작했다. 나는 츠야코의 파란만장한 인생을 가슴에 새기고 거리를 나섰다. 츠야코는 그 후 나를 친구 중 한 명으로 생각하고 가끔 아파트의 내 방 창문을 조용히 두드리며 찾아오게 되었다. 빨간 장미와 같은 양장에 새로 산 구두를 신은 그녀는 아무리 봐도 엄마로 보이지는 않았다.

"어리석은 여자는 몇 번이나 사랑의 상처를 받아도 아무렇지도 않은 거야, 태생부터 바람기가 있잖아, 경성에서도 슬슬 봉을 잡을 거지?"

"부탁이니까 그렇게 거침없이 말하지 마요. 나는 지금 남자를 사랑하기 전에 아이를 사랑하고 있으니까요. 진심으로 남자를 사랑할 여유가 없거든요."

사실 츠야코는 M회관의 합숙소에서 친구들과 함께 지내고 있지만 혼혈아인 아이는 어머니(조선인 유모)를 두어 여덟 평 남짓의 초라한 하숙방을 빌려서 살게 하고 있었다. 엄마젖으로 자라지 못하고 언어도 통하지 않는 조선인 유모로는 발육불량이 될 것은 빤한 일이다. 츠야코는 출근을 늦게 해도 되는 날에는 반드시 아이를 보러 가지만 그것도 시간이 제한되어 있었다.

"산다는 것이 이렇게 비극이라는 걸 이제야 알았어요. 잘못된 과거도 나 자신이라고 말해버리면 그뿐일 테지만 진짜 여자로 돌아간 내 모습을 누군가가 봐줬으면 좋겠어요. 잠들지 못하는 밤이 며칠이나 계속되고 있어요. 아이를 더 행복하게 해주기 위해서 두 번 다시 남성에게 매달리고 싶지 않아요. 그렇게 하기 위해서라도 나는 돈이 필요해요. 내가 선배들을 뒤로 젖히고 인기를 끌고 있어서 친구들의 증오를 사면서 이런저런 소문까지 퍼지고 있어요. 사방에 있는 모든 사람들이 적인 걸까요?"

츠야코는 절절히 이런 이야기들을 했다.

그냥 보면 어리석은 여자 츠야코였다. 그리고 다른 여자보다 훨씬 모던걸인 체하는 여자였다. 사실은 소설보다도 기묘한 ─ 라는 건 누군가가 말한 문구였지만, 츠야코는 유일한 자기편인 미사코를 다시 상하이로 돌려보내야만 했다. 미사코도 뱃속에 외국인의 피를 받은 아이를 잉태한지 이미 다섯 달이 되고 있었던 것이다. 언젠가 이런 날이 올 거라는 건 알고 있었지만 막상 헤어지려니 같은 숙명의 쓴 비극을 맛볼 두 사람에게는 타인이 상상도 할 수도 없을 만큼 애절한 무언가가 가슴에 사무쳤다. 그리고 헤어지는 날 밤 츠야코는 결국 흥분해서 쓰러졌다.

나는 아무 말도 못하고 혼자서 역까지 미사코를 배웅했다. 그늘에서 피는 운명의 꽃이다. 미사코는 내 손을 꽉 잡고 "츠야코의 편이 되어주세요, 그것만 부탁드려요." 나는 "응 알았어, 알았다구."만 하고 나도 미사코도 가슴에 묵직한 것이 막혀 있어서 더 이상 아무 말도 하지 못했다. 기차가 움직이기 시작하자 "저랑은 이게 마지막이네요, 상하이로 돌아가면 딱 하나 희망이 있어요, 그건 죽어서 행복해지는 거." 기차 창에서 미사코의 얼굴이 사라져갔다. 나는 언제까지나 모자를 꽉 잡고 힘주어 흔들면서 마음속으로 "잘 가." 하고 외쳤다.

미사코와 헤어진 츠야코는 다 잊은 것처럼 경성에서 지내다가 얼마 지나지 않아 M회관을 그만두고 바 H로 옮겨 집 한 채를 빌려 사랑하는 혼혈아와 함께 잠시 안정된 생활을 되찾았다. 어리석은 여자 츠야코도 한번은 이렇게 그녀가 꿈꾸던 파도가 없는 세상을 얻었지만, 그녀의 몸속에 흐르는 방랑자의 피는 영원히 지워질 수가 없었다. 다시 남성의 미끼가 되지 않겠다고 굳게 맹세했던 츠야코였지만 이미 경성을 두 번째 저주받은 땅으로 낙인 찍어버렸다. 남자는 무직자였는데 다시 불타오른 츠야코의 애정이 사라지지 않았고 츠야코는 남자의 팔에 매달려 짐짝이나 보따리처럼 아무렇게나 이끌려 대련(大連)으로 도망가 버린 게 작년 말이다.

그녀는 지금 대련의 카페나 바에서, 남성을 유혹하는 눈과 남성의 마음을 촉촉하게 적시는 가련하고 달콤한 낮은 목소리로 자본에 약한 남성에게서 팁을 뽑아내면서 백수인 남자와 혼혈아를

양육하고 있을 것이다. 아니면 부랑자 남자에 질려서 부르주아라
도 포로로 만들어 신나게 살고 있을까?

한번은 마음이 탁해지고, 두 번은 몸이 탁해지고 그리고 태어
난 아기는 완전히 탁한 혼혈아였다. 하지만 세 번째에 탁해지는
것은 과연 무엇일까? ― 이미 탁해질 것도 없이 썩어가는 그녀의
육체라고 할 때 이 실화의 결말은 간단하다. 하지만, 대련에서 북
쪽으로 달리는 철로의 끝에는 하얼빈이라는 마도(魔都)가 부랑자
츠야코를 부르고 있다. 송화강(松花江)에서 흔들리는 교회당의 종
소리, 그것은 왠지 츠야코의 대지가 멸망하는 날의 만가(挽歌)에
어울리는 것 같기도 하다.

―瀧一樹, 實話「混血兒を生んだ母の惱み」, 『朝鮮及滿州』, 1935年 3月